COLLECTION FOLIO

Sylvain Tesson

L'éternel retour

Gallimard

Ces nouvelles sont extraites du recueil
Une vie à coucher dehors (Folio n° 5142).

Sylvain Tesson est né en 1972. Aventurier et écrivain, président de la Guilde européenne du Raid, il est l'auteur de nombreux essais et récits de voyage, dont *L'axe du loup*. Son recueil de nouvelles *Une vie à coucher dehors*, s'inspirant de ses pérégrinations, reportages et documentaires, a reçu le Goncourt de la nouvelle 2009. *Dans les forêts de Sibérie* a été couronné par le prix Médicis essai 2011 et *Berizina* par le prix des Hussards 2015.

Lisez ou relisez les livres de Sylvain Tesson en Folio :

UNE VIE À COUCHER DEHORS (Folio n° 5142)
DANS LES FORÊTS DE SIBÉRIE (Folio n° 5586)
S'ABANDONNER À VIVRE (Folio n° 5948)
BEREZINA (Folio n° 6105)
LE TÉLÉPHÉRIQUE et autres nouvelles (Folio 2 € n° 6181)

L'asphalte

I

— Salaud !

On entendait tinter les bouteilles longtemps avant d'apercevoir le livreur. Chaque soir, la scène était la même : Édolfius se rangeait pour laisser passer le camion et se protégeait le nez avec son foulard, mais la poussière lui fourrageait les muqueuses et lui laissait un goût d'emplâtre dans la bouche. Il toussait, crachait, s'étranglait. Un petit filet de bave brunie lui coulait dans la barbe. Alors il insultait le livreur, la piste, sa vie. On ne pèse pas grand-chose sur cette terre lorsqu'on en est réduit à gueuler contre la poussière.

Il fallait trente minutes à Édolfius pour rentrer des champs jusque chez lui. Il habitait une maison de bois dans le centre du village. L'été, il faisait la route la faux sur l'épaule, l'hiver avec la bêche. Il marchait doucement. Son cœur nécrosé par le tabac et l'eau-de-vie de prune ne battait pas assez fort pour les longues foulées. Il avait cinquante ans et le corps en ruine. Le village de Tsalka était construit au bord d'un lac à l'abri des ondulations de collines. Sol volcanique, alpages bien verts. Les éboulis de lave au sommet des crêtes s'épandaient dans le pli des versants. Les prairies avaient recouvert les coulées.

L'été, les fleurs s'ouvraient, appétissantes. Les moutons sentaient qu'ils ne pourraient pas avaler la montagne et devenaient fébriles. Ils mastiquaient furieusement. Les pentes se peuplaient de faucheurs. Les bergeronnettes gobaient les insectes à chaque coup de faux. Les fenaisons duraient un mois. Les types aiguisaient leurs lames. Les pierres crissaient sur le métal. Les femmes apportaient des cruchons à col étroit remplis de vin de Khakétie. Pas un Géorgien n'aurait avoué qu'il s'agissait d'un immonde verjus. Le soir, le foin s'entassait sur les carrioles ; chaque famille rapportait sa moisson à la ferme. Édolfius n'avait pas de carriole, il s'employait dans le champ des autres. À la fin de la journée, il rentrait à pied, seul.

Le soleil dorait les thalwegs. Naguère, quand l'URSS existait encore, Édolfius était allé avec les *komsomols* au musée de l'Ermitage à Leningrad. Il avait vu les scènes champêtres des maîtres hollandais. Les toiles baignaient dans la même lumière qu'ici. Mais les villages, là-bas, paraissaient mieux tenus.

Le camion revenait, traînant le voile rouge du crépuscule. Édolfius disparut dans le nuage et jura de nouveau. Les choses ne pouvaient plus durer, il fallait parler à Youri. La route qui traversait Tsalka menait à la ville de Batoumi, par le village d'Oliangi. Il fallait supporter six heures de cahots pour venir à bout des cent kilomètres qui séparaient de la mer. Les premiers lacets conduisaient à la forêt, l'air devenait humide, la route serpentait trente fois puis c'était Oliangi : quelques maisons de pierres noires levées par les Arméniens au temps des carnages turcs. La piste descendait ensuite le long de la rivière en passant des ponts : trois heures agréables. On s'arrêtait pour pêcher, on grillait les poissons sur le feu. Du temps des Rouges, la Géorgie était considérée comme un paradis.

Édolfius réfléchissait. Il se demandait au nom de quoi Tsalka, son village, n'avait pour desserte qu'une piste de cailloux. Pourtant, l'asphalte gagnait le reste du monde. Même en Afrique les villes tiraient leurs langues noires à travers la brousse. Toute l'humanité jusqu'au dernier des nègres foulait le goudron. La modernité s'épanchait dans les campagnes planétaires mais Tsalka, place forte des irréductibles ratés de Géorgie, n'avait pas le droit d'entrer dans la danse ! Ici, on devait continuer à cracher ses poumons dans la poussière et à patauger dans les fondrières.

Édolfius devenait mauvais. La Géorgie était une vieille catin affalée au piémont du Caucase. Elle s'était livrée à tous. Les Turcs, les Russes, même les Grecs étaient venus ici, s'infiltrant par d'étroits défilés.

Pourtant il y avait eu des heures de gloire. Jadis, le Turc avait mangé dans la main géorgienne. D'imprenables forteresses chrétiennes avaient couronné les pitons de l'Anatolie et la croix de Nino avait flotté jusque sur le rivage méditerranéen.

Aujourd'hui le pays ne pesait plus rien. Dans les journaux, ils appelaient cela *le déclin des nations*.

Il s'arrêta devant une fourmilière. Il le connaissait bien, ce monticule. C'était comme une borne à la moitié du chemin. Il sortit de sa poche une flasque et but une gorgée. La bonne coulée lui flamba la trachée. Il lampa une autre rasade. Cette fois il sentit l'âcreté du *bratsh*. De la main droite, il tapota légèrement le monticule. Les fourmis s'affolèrent. Quelques-unes grimpèrent sur sa main, et lui pincèrent la peau. Il les épousseta. Les insectes avaient aspergé sa paume d'acide formique. Il s'envoya le liquide dans la narine droite. Le principe ammoniaqué lui déchira le sinus et il contempla, les paupières mi-closes, les colonnes de fantassins couler de la montagne en vie. Il venait de s'octroyer le *shoot* du prolétaire.

— Mêmes ces saloperies d'insectes circulent mieux que nous !

Il flanqua un coup de pied dans la fourmilière. La petite Babel explosa.

Youri Asphaltashvilli présidait la réunion du conseil de la municipalité dans la salle de la mairie. On était en train de débattre du sort de la statue de Staline qui trônait dans un champ de luzerne. Dans le village, des voix s'étaient élevées pour qu'on l'abatte. Non pas tellement qu'on tînt à solder les comptes du communisme, mais parce que le zinc valait cher au port de Batoumi. Les membres du conseil écoutaient l'adjoint lire les cours des matières premières, parus dans le journal de la veille quand Édolfius entra.

— Silence, bande de ratés ! Il faut que cela cesse !

Édolfius avait violemment poussé la porte et le panneau avait claqué contre le mur. La secrétaire du maire réprima un petit cri.

— Si tu veux dire quelque chose, Édolfius, tu prends rendez-vous avec Anastasia Pétrovna et on t'entendra lors du prochain conseil.

— Ça ne marche plus comme ça, Youri. Toute la planète est goudronnée. Sauf Tsalka. Nous sommes la risée du monde.

— Édolfius, nous travaillons. Nous n'avons pas de temps pour les ivrognes. Fiche le camp !

— Il nous faut le goudron ! Nous vivons en prison dans ces montagnes !

Le vétérinaire, membre du conseil municipal, avait été champion de lutte à Tbilissi. Il éjecta Édolfius dans la rue. Le faucheur perdit l'équilibre, tomba dans la boue. Deux jars lui mordirent les mollets. Les édiles refermèrent la porte, on reprit la séance.

II

— Cent grammes, dit Édolfius à Tamara.

Assis dans le coin, il tenait son verre de vodka à deux mains. Le café avait été ouvert en 1950. Il faisait alors office de *club de la culture* pour les ouvriers de la centrale hydroélectrique. La salle était spacieuse : on y dansait. Après la chute de l'URSS, on n'avait pas retiré le portrait de Lénine. Édolfius le fixait. À cause de l'éclairage blafard,

Vladimir Illitch Oulianov avait mauvais teint. Les ombres accentuaient ses traits asiates. Il avait l'air d'un bâtard turco-mongol. Dire que lui, Édolfius, avait lu sans débander les œuvres complètes du chef dans une édition russe en dix-huit tomes. Il aurait bien voulu parler à Tamara. C'était une gentille serveuse. Mais la chaîne hi-fi encastrée dans le mur à bouteilles crachait de la pop russe. Les Tatu chantaient : deux lolitas à sourcils percés. Le volume de la musique empêchait toute communication. Aux tables voisines, on buvait sans un mot. Il fit signe à Tamara d'éteindre.

— Qu'est-ce que tu veux ? dit-elle.

— Je veux de l'asphalte !

Il s'adressa à la table voisine :

— Vous n'êtes pas fatigués de cahoter sur la rocaille ?

— Tais-toi, Édolfius, dit Tamara, n'embête pas les gens.

— Regardez-vous ! Vous êtes déjà morts ! Le monde entier roule sur du velours et nous, à Tsalka, on est infoutus de faire monter une goudronneuse !

Il jeta la monnaie sur la table et quitta le bar. Quand il eut passé la porte, Tamara remit la radio à fond. Du bar à la maison, il y avait cinq cents mètres. Édolfius entendit longtemps la musique. À présent, c'était ce taré de Fiodor, star du hip-hop sibérien, qui chantait des trucs de dégénéré : « Alcool le matin, liberté pour la journée... » Ses propres filles adoraient Fiodor.

La fuite d'une canalisation avait fait de la rue un bourbier. Il s'englua dans les flaques, réveilla un cochon derrière la palissade d'une maison. Des chiens aboyèrent. Une Volga blanche passa — pleins phares. La boue gicla sur sa chemise. Il reconnut la voiture de Piotr, le boucher. L'année dernière, elle s'était embourbée en plein village. Il avait fallu faire venir un tracteur d'Oliangi pour l'extraire du merdier.

— Tu rentres à l'heure des Russes et tu pues.

Édolfius ne répondit pas à sa femme. Tatiana et Oxanna se disputaient une console de jeu vidéo. Il aurait bien voulu un baiser. Il les appela, mais il n'avait aucune chance contre les écouteurs. Les jumelles d'Édolfius avaient dix-huit ans et rien à lui dire. Elles rêvaient de la ville, se traînaient dans les journées. La télé leur avait apporté la connaissance du monde. Elles vivaient greffées à l'écran. Elles n'aimaient pas l'odeur des champs, redoutaient l'obscurité des bois, ne savaient pas traire les vaches. Le seul moyen de les arracher à l'abrutissement était de leur donner la possibilité de gagner la ville. Édolfius ferait venir le goudron jusqu'ici pour elles. L'asphalte les sauverait.

Tous les adolescents du village vivaient dans l'obsession de Batoumi, l'inaccessible étoile. Là-bas dans les guinguettes, on faisait rôtir des chachliks devant la baie illuminée où croisaient des tankers pleins de naphte azérie à destination du Bosphore. Les boîtes de nuit grouillaient jusqu'à six heures du matin de gens impatients de baiser. À la moindre occasion, les jeunes de Tsalka montaient dans le bus. Ils encaissaient les cahots et, au bout de six heures, c'était la ville, la nouvelle vie. Alors, ils rêvaient de s'installer et de ne plus jamais remonter. Pour renverser la tendance, il fallait rabouter Tsalka à son siècle.

Jusqu'à l'automne, Édolfius se démena. Le soir, après les travaux des champs, il organisa des réunions à l'école communale. L'instituteur Prentice fut un allié de la première heure. Lui aussi savait que les pistes de poussière sont à sens unique : les enfants les dévalent et ne reviennent pas. Pour les humains, les transhumances sont sans retour.

Au début, les paysans boudèrent l'initiative. On crut qu'Édolfius et Prentice visaient un siège au conseil, qu'ils se lançaient dans la brigue. On ne voulait pas de changement. Le maire était corrompu, son successeur le serait peut-être davantage. Tsalka avait survécu parce que rien n'avait jamais évolué. Ici, on se méfiait des agitateurs. Lorsque la dissidente politique Anna Pougatchavilli avait été assassinée sur le seuil de son appartement, on avait murmuré qu'elle l'avait cherché. Dans le voisinage, les choses étaient semblablement endormies à l'ombre des volcans. Il y avait des petits villages à moins de trois kilomètres que se partageaient trois communautés : les Grecs, les Arméniens et les Azéris. Ils étaient reliés les uns aux autres par des routes pavées de galets ronds. Enfer pour les autos, cauchemar pour les cyclistes. Les Arméniens haïssaient les Azéris, qui haïssaient les Grecs. La haine tenait tout le monde dans l'obligation de vivre tranquille. Sinon c'était la mort.

Ardémisse, patronne du magasin n° 2 — le seul commerce subsistant à Tsalka depuis la faillite des magasins n° 1 et n° 3 —, réussit à toucher les villageois au seul endroit sensible chez les velléitaires : l'amour-propre. Elle se présenta un soir à l'école. La salle de réunion était presque vide. Elle déclara tout de go son soutien au bitume. Elle avait toujours déploré que le camion livreur ne vînt pas plus souvent la ravitailler. Le grossiste de Batoumi à qui elle passait ses commandes rechignait à envoyer ses commis sur la piste de Tsalka. Il ne voulait pas bousiller les châssis de ses camions pour approvisionner les stocks de « bouseux de montagne ». Le commis avait confié à Ardémisse qu'en ville on les appelait comme ça. Elle répéta ces mots à Édolfius, qui sauta sur l'insulte pour rallier des ouailles. L'instituteur aida à rédiger un placard. Les deux hommes passèrent une nuit entière à en clouer cent cinquante sur les palissades du village. Le tract s'adressait « À CEUX QUI NE VEULENT PAS RESTER DES BOUSEUX ». Suivaient une vingtaine de lignes lyriques exhortant les habitants du village à noyer dans le goudron l'injure de « ceux du bas ». L'appel sommait les citoyens de Tsalka de se joindre aux réunions. Il fallait peser sur le gouverneur de la région.

L'affront piqua les gens. Le tract eut un effet électrique. Le lendemain soir, il y eut affluence à l'école. Chacun s'appropria le souhait de goudronner la route. Chacun avança une justification personnelle.

L'infirmière parla la première :

— Le bourbier qui recouvre la rue principale au printemps est un cloaque.

Les jumelles d'Édolfius furent magistrales. Elles énumérèrent les perspectives qu'ouvrirait le raccordement à la ville.

— Tsalka échappe à son destin en restant isolée, dit Tatiana.

Des deux, Oxanna fit la plus belle impression. Elle venait d'écouter un débat télévisé et n'eut qu'à répéter les paroles d'un député d'Abkhazie qui noyait le poisson devant les caméras.

— Il est temps d'accorder le pouls de nos campagnes aux battements de la mondialisation. Les générations futures nous béniront d'avoir rétréci le pays.

— Tsalka ne peut échapper à la marche du siècle, renchérit Édolfius.

Seules les voix de Simeon, le plus riche éleveur du village, et d'Hilarion, le pope aux boucles noires, discordèrent.

— Nous disposons d'une chance unique. La situation de Tsalka nous préserve des agressions extérieures. Goudronnez, et la chienlit rampera jusqu'à nous !

— Il a raison, dit Hilarion. La piste est notre rempart !

On les hua.

Édolfius et Prentice rédigèrent une supplique au nom des villageois. Lorsque le maire se rendit compte qu'il ne se tramait aucune manœuvre contre lui, il rejoignit le mouvement. Puisque l'unanimité régnait, il ne s'opposait pas au goudronnage. Le dimanche suivant, le texte était prêt. Édolfius le lut à haute voix.

C'était l'appel au secours, pudique, émouvant et légèrement ridicule, d'un petit village qui ne voulait pas disparaître. Comme l'homme tombé en mer, les habitants de Tsalka agitaient la main pour que l'équipage ne les abandonne pas. Édolfius avait filé la métaphore du sauvetage jusqu'à comparer la route de goudron à « la corde qu'on jette au noyé ». Le texte précisait que le village était d'une beauté profonde, adossé à un amphithéâtre glaciaire, planté d'une vieille église à toit octogonal, et qu'il y aurait matière à faire grimper les touristes jusque-là. Le gouverneur à qui l'on s'adressait s'adonnait à l'économie de marché. Les dernières lignes lui laissaient entrevoir la possibilité de développer l'industrie du ski. Les sports d'hiver balbutiaient en Géorgie. Des Azéris enrichis dans l'industrie pétrolière et des Turcs aux doigts poilus, commerçants de Trébizonde et notables d'Erzurum, venaient parfois chercher neige et chair fraîches dans les montagnes du Caucase. Il serait simple de faire de Tsalka une station d'altitude. Les forêts de sapins offraient du bois pour les chalets, et le village regorgeait de matrones capables de farcir les choux pour revigorer les skieurs. Mais ces perspectives réclamaient l'asphalte. Le maire signa l'appel et apposa le cachet de la municipalité. La requête était devenue officielle. On convint qu'Édolfius la porterait lui-même, le surlendemain, par l'autobus qui assurait la liaison avec la ville.

Les travaux commencèrent au mois de juin. La demande des habitants de Tsalka, déposée au secrétariat du gouverneur de Batoumi, avait été considérée avec beaucoup de sérieux par l'administration. Le document était arrivé sur le bureau du gouverneur après avoir gravi divers étages, et atterri sur des tables d'où certains papiers ne redécollaient jamais.

Cette année-là, le gouvernement ne se préoccupait pas davantage qu'avant du bitumage des routes du pays, mais l'État venait de signer avec une compagnie pétrolière américaine un contrat autorisant le passage d'un pipeline à travers le territoire national. Les termes de l'accord engageaient les pétroliers à remédier au manque d'infrastructures sur le tracé de l'oléoduc. L'asphaltage de la route de Tsalka fut ainsi intégré au vaste programme de réfection de la voirie géorgienne. Pour la première fois de sa vie, Édolfius s'était trouvé au bon endroit, au moment propice.

Les ingénieurs nivelèrent l'ancienne piste. Le rabot des machines lissa une rampe de terre. Les ouvriers coulèrent un socle de graves bitumeuses et de débris de roche en guise de soubassement. Commença le lent feuilletage des couches destinées à la stabilisation de la chaussée. Édolfius s'intéressa à l'ouvrage, s'impatronisa dans le roulement des équipes, se lia avec les contremaîtres. Par amitié, on lui confia une menue tâche dont il s'acquitta avec un sérieux de planton. Il devait réguler la circulation sur la demi-bande de piste que le chef de chantier laissait ouverte aux véhicules. Il était muni d'un gilet réfléchissant, d'un casque et d'un panonceau de bois frappé des quatre lettres « STOP ». Il s'écoulait parfois trois jours sans qu'aucune voiture passe. Édolfius restait debout, stoïque, scrutant l'horizon, empli de sa mission. Lorsqu'un véhicule approchait, il brandissait le panneau d'un geste autoritaire et gueulait « Stop » en faisant rempart de son corps. Le conducteur ouvrait la fenêtre, goguenard :

— Et le goudron alors, mon vieux ?

— Il arrive !

Et le goudron arriva.

Une fois ajoutée la chaux à la couche de forme, on versa le béton bitumeux et l'asphalte. La coulée partit de Batoumi et monta vers Tsalka. Elle conquit les kilomètres un à un. Le rouleau compresseur aplanissait la nappe et Édolfius pensa à ce pâtissier juif de Tbilissi qui lissait la crème de ses strudels avec un couteau à large lame. Édolfius trouva superbe cette glaçure noire qui fumait dans la froidure. L'odeur du goudron brûlant macéré dans les seaux de bois le galvanisait. Le fumet du progrès avait un goût de chair brûlée.

Le camp des ouvriers était établi au piémont du massif, juste au commencement de la serpentine. Dans les baraques en tôles chauffées par des poêles à bois et éclairées par des groupes électrogènes, il régnait chaque soir une atmosphère joyeuse. On partageait le *kachapouri*, le vin rouge et les souvenirs des années soviétiques.

Ce chantier fut montré en exemple dans le pays comme un modèle de sécurité. Pour cent kilomètres d'asphaltage, on ne déplora que trois incidents. Un ouvrier à court de vodka s'était perforé l'intestin en avalant de l'antigel pour fêter le premier kilomètre. Un autre avait parié qu'il garderait son pied le plus longtemps possible sur la chaussée au passage du compresseur et gagna son pari. Enfin on retrouva le cadavre d'un contremaître à bord d'une pelleteuse retournée dans la rivière : il l'avait empruntée une nuit de cuite « pour chercher des provisions ». Il y a toujours sur la route de Tsalka un petit monument votif construit en sa mémoire.

L'asphalte atteignit Tsalka le 21 juin. La date était de bon augure. Les dieux géorgiens organisaient le raccord en plein solstice. Le maire parla d'« un nouvel été pour le village ». Il conclut son discours en citant le *Traité sur les goudrons et sables bitumeux de l'URSS* de Pavel Neftski : « L'asphalte, tiré des profondeurs de la Terre pour en recouvrir la surface est un présent qui nous est offert par le temps pour que nous nous affranchissions de l'espace. » Un tonnerre d'applaudissements salua cet éclair auquel on ne comprit rien. On avait invité les ingénieurs de Batoumi, les pétroliers du terminal de Supsa qui avaient participé au financement du gros œuvre, les députés de la région et le maire de Tbilissi. La route de Tsalka était devenue un symbole d'État. Les journaux favorables au gouvernement se félicitèrent d'une entreprise qui « hissait un village géorgien sur l'estrade où se dansait le tango de la mondialisation ». Les communistes hostiles à l'ouverture européenne s'indignèrent que des capitaux anglo-américains irriguassent le développement géorgien et déplorèrent que « les roues des Volga se commettent sur un bitume moins noir que les desseins de ceux qui le financent », pour reprendre l'expression du rédacteur d'une feuille stalinienne. La chaîne de télévision n° 1 filma la cérémonie du 21 juin. Une journaliste dépêchée de Tbilissi interviewa Édolfius. La fanfare joua des airs de Mingrélie et, malgré les réserves prévues par l'intendance, il n'y avait plus de saucisses à 16 heures. On faillit même manquer de vin et le maire dut avancer cash 250 $ à la tenancière du café pour qu'elle crève cinq fûts afin d'éviter la pénurie. Seul le pope Hilarion resta sur ses positions. Il ne se joignit pas aux réjouissances, resta devant l'icône puis sonna le glas au moment où le chœur de l'école entamait sur le podium l'*Hymne au goudron* composé par l'instituteur :

Tsalka la morte
Ressuscitée
Grâce au goudron
Qui nous emporte !
Tsalka dormeuse
Revigorée
Grâce à l'asphalte
Qui nous épate !

III

L'asphalte possède des propriétés darwiniennes. Son épandage modifie les comportements des groupes humains. Les villageois raccordés au reste du monde par le goudron rattrapent en quelques mois leur arriération. Tsalka connut cette accélération. Après deux semaines, les rues étaient méconnaissables.

Édolfius avait comparé l'asphalte à un cordon ombilical, c'était plus que cela : une aorte qui pulsait les mœurs d'en bas jusqu'à la lisière des alpages. Les enseignes lumineuses fleurirent. Des paraboles poussèrent dans l'encadrement des fenêtres. Un jour Tamara accrocha une pancarte

« INTERNET HAUT DÉBIT » sous le portrait de Lénine. Dans les vitrines apparurent des produits dont on n'avait à peine soupçonné l'existence et qui s'avérèrent indispensables : des dessous féminins, des aquariums pour poissons tropicaux et des vélos d'appartement. Un panneau Pepsi-Cola clignota sur le fronton de ciment de l'arrêt de bus.

Certains villageois prirent des habitudes à la ville, d'autres y tinrent leurs quartiers. Le trafic était incessant. Les jeunes descendaient à Batoumi pour le week-end et rentraient le lundi au village. Les femmes y faisaient leurs courses le samedi. Édolfius ne toussa plus sur le chemin des champs. Pendant quelques jours, il conserva le réflexe de se courber en portant son mouchoir à la bouche quand une voiture le croisait puis il cessa de le faire.

Le flux des déplacements s'inversa au milieu de l'été et l'on vit bientôt davantage de grosses cylindrées monter vers le village que de vieilles bagnoles descendre vers le littoral. Le bruit avait très vite couru dans les quartiers cossus de Batoumi qu'un havre verdoyant niché au creux d'un vallon se trouvait à portée de volant. Les citadins s'aventurèrent dans les hauteurs, s'enhardirent au village. La pharmacienne ouvrit la première chambre d'hôte et bientôt, sur le pas des portes, on afficha les tarifs pour des séjours chez l'habitant en pension complète. À la mairie, on commença à envisager la construction d'une remontée mécanique. À l'automne vint le premier étranger : un Américain mormon qui portait la raie au milieu et une chemise blanche. Il tomba amoureux de la serveuse

Tamara et n'essaya plus de convertir qui que ce soit. L'asphalte amenait du sang neuf. Tsalka vivait enfin.

Les jumelles d'Édolfius consumèrent leurs semaines en allers-retours. Tatiana trouva un emploi à Batoumi, au *Galant*, un bar du bord de mer pour Géorgiens enrichis. Du vendredi soir au dimanche, elle servait des *margaritas* à des Nouveaux Russes et des businessmen de Tbilissi qui portaient tous des chaussures vernies à bouts carrés et des boutons de manchette en verre. Elle avait des yeux violets, et une façon de porter ses minishorts qui rendait fous les clients : on aurait cru que le contact du tissu sur sa peau lui était intolérable. Bustan, un affairiste de trente-trois ans enrichi dans l'export du nickel, passa cinq week-ends de suite à la manger des yeux et la fit passer de l'autre côté du comptoir le sixième. Il se faisait servir du veuve-clicquot directement dans le seau et roulait dans un Hummer blanc crème. Tatiana ne comprit jamais pourquoi le négoce en nickel justifiait qu'on circulât avec un .45 dans le vide-poches et un gorille à lunettes noires à l'avant, mais elle ne posa aucune question car Bustan était gentil avec elle, ce qui détonnait dans le merdier postsoviétique, où les mecs ne s'intéressent qu'à la chatte des filles et leur parlent comme à des chiens.

Un lundi matin d'automne, Bustan vint à Tsalka. Le jeune businessman rencontra Édolfius et offrit des lys roses à la mère de Tatiana. On apprécia le jeune homme bien qu'on lui jugeât les mains douces et l'allure trop grasse. Il n'avait jamais vu de cochon en vrai et la porcherie qui jouxtait l'ancien club de la culture imprima dans sa mémoire et sur le cuir de ses Berluti une indélébile impression. Il revint à la fin de la semaine suivante pour chercher Tatiana et peu à peu l'habitude s'installa : il arrivait le vendredi soir, emportait sa paysanne, la baisait pendant deux jours face à la mer et la reconduisait au village le lundi matin.

Autrefois, la piste contraignait d'aller lentement. On connaissait chaque pouce carré du paysage, on n'y déplorait jamais d'accident, on avait tout le temps, on n'avait pas le choix. Sur l'asphalte flambant neuf, c'était différent, tout le monde fonçait, ça chauffait le sang. L'accélérateur vengeait les villageois de décennies de cahots. Certains d'entre eux étaient pris de rage. Moins ils étaient occupés et plus ils mettaient les gaz. Les purs oisifs étaient les pires. Ils s'acharnaient à quitter le plus vite possible des endroits où il ne se passait rien pour rallier comme des fusées des lieux où ils n'avaient pas plus à faire.

Bustan chronométrait ses allers-retours entre la ville et Tsalka. Le Hummer n'était pas la machine la plus appropriée pour exploser les records, mais il était descendu jusqu'à quarante-six minutes et comptait améliorer le score. Tatiana n'avait jamais vu d'accident, la vitesse ne l'émouvait pas. Elle réussissait même à se vernir les ongles des deux pieds pendant le temps du trajet.

Le drame eut lieu un vendredi d'octobre, quatre mois après l'inauguration. Le Hummer rugissait vers Batoumi. Ce soir-là, Bustan était bien parti pour descendre sous la barre des quarante-cinq minutes. Il avait passé les lacets. Il pourrait encore accélérer une fois atteint le fond de la vallée. Il tarda à se ranger dans le dernier virage juste avant le pont, et écrasa son véhicule contre un camion qui montait en sens contraire. Il n'y eut même pas la place d'une seconde pour un coup de frein, un réflexe ou un dérapage. Les corps furent éjectés, personne ne souffrit. L'écho du fracas emplit le sous-bois pendant une dizaine de secondes et le silence revint. Les carcasses de tôles fumaient, les plaies des corps aussi. Tatiana gisait sur le goudron. Les plis de sa robe rouge soulevés par la chute étaient retombés en se déployant comme une corolle autour de sa taille. « Des pétales sur la route », pensa le médecin en arrivant une heure après avec l'équipe de secours.

Édolfius fut à peine étonné que la voiture de flics se range contre son champ. Les miliciens aimaient sa compagnie, ils passaient parfois boire un verre chez lui. Le sergent monta sur le remblai de la parcelle.

— Tu t'en jettes un ? J'ai une bouteille dans le sac, dit le vieux paysan.

— Édolfius, il y a eu un accident mortel, dit le sergent.

— Où ?

— Au kilomètre soixante-cinq, juste avant le pont.

— Grave ?

— Mortel, je te dis !

Édolfius ressentit une petite contraction à la poitrine.

— Qui ?

— Ta fille, Tatiana. Elle est morte sur le coup, le corps est à Batoumi, il sera porté au village tout à l'heure.

Le cadavre de Tatiana arriva à neuf heures du soir dans un fourgon de la milice. On l'installa dans la chambre des jumelles. Les voisines déshabillèrent la jeune fille et la vêtirent d'une aube blanche. Le visage avait déjà la couleur des bougies. La pharmacienne partit cueillir du millepertuis dans son jardin. Le frère d'Édolfius, l'instituteur, Tamara et son mormon, le sergent, le maire, les proches et les voisins se pressaient dans la maison. On s'attaquait aux formalités, on remplissait les papiers. Les morts compliquent la vie. On convint d'obsèques pour le dimanche suivant, ce qui laissait quarante-huit heures pour veiller le corps. La mère était prostrée dans un fauteuil, les paupières déjà violettes au bout de deux heures de chagrin. Oxanna s'était enfermée dans la chambre de ses parents et refusait d'ouvrir. Sur le perron, Édolfius s'abrutissait de cognac. On s'écarta pour laisser rentrer le pope Hilarion. Il leva sa main baguée d'argent, demanda le silence.

— J'avais prévu ce qui est arrivé. Cette route est la langue du démon. Tatiana est la martyre de l'asphalte. Prions.

Il bénit l'assemblée, les femmes et les hommes se signèrent. Commencèrent les lentes litanies de l'office des morts de l'Église géorgienne autocéphale. À onze heures du soir, quelques-uns s'inquiétèrent de préparer le souper. La mère pleurait toujours. On la laissa se vider par les yeux et la sœur d'Édolfius alla chercher une dame-jeanne de vingt litres de vin rouge, du pain et un jambon dans la réserve de la famille. On organisa des tours de garde pour se relayer alternativement autour du corps et du jambon. À minuit, on s'aperçut qu'Édolfius n'était plus sur le perron. Le sergent l'appela dans la nuit. Vingt-sept chiens se réveillèrent et hurlèrent en même temps.

*

Édolfius identifia immédiatement l'endroit à la lueur des phares. Les services de la voirie avaient déblayé la route, mais il restait des débris de tôles sur les bas-côtés.

Des troncs et des branches cassés traçaient des zébrures claires dans l'épaisseur de la forêt. Des débris de verre scintillaient sur l'accotement. Il contempla cet endroit où il était passé des centaines de fois. Le cognac l'abrutissait mais il conduisait la pelleteuse d'une main sûre. Il avait tellement observé les ouvriers que la machine n'avait plus de secret pour lui. Il n'avait pas eu plus de difficulté à la démarrer qu'à l'amener jusqu'ici. La *pelle sur pneus* américaine modèle M3222D de 22 tonnes appartenait à la mairie. Sur le capot, un slogan s'étalait en lettres jaunes et noires : « *Caterpillar* : L'AVENIR DU PROGRÈS ». Et un autre gravé sur le pare-brise en verre : « RENDRE POSSIBLE LE MONDE DE DEMAIN ». L'entrepreneur avait cédé ce bijou au maire moyennant son témoignage officiel dans le faux constat d'accident qui fut envoyé à l'assureur le lendemain de l'inauguration.

La pelle d'acier tomba sur la chaussée de toute la force du levier hydraulique. Les dents pénétrèrent jusqu'à la couche de graves et en arrachèrent une énorme plaque. Le bras articulé se redressa. Les mottes de bitume volèrent à la cime des pins et la pelle retomba, cura la sous-couche d'asphalte, et en décolla une nouvelle feuille. Édolfius sanglotait, secoué sur le fauteuil à suspension. Le bulldozer avançait mètre après mètre, laissant derrière lui une charpie de gravats. Les cylindres chauffaient, les crocs mordaient la terre. Chaque choc ébranlait la machine. La poussière noire collait aux traînées de larmes sur les joues d'Édolfius. Au bout d'une heure, il avait défoncé les trois cents mètres qui le séparaient du pont. Il engagea les roues avant de la machine sur le tablier et en six coups de pelle le fit exploser. Édolfius hurla, cogna la cabine de ses poings et sortit dans la fraîcheur de la nuit, épuisé. Il plongea la tête dans la rivière, regagna la pelleteuse, fit demi-tour en remontant la tranchée qu'il avait ouverte et rentra à Tsalka.

Il était trois heures du matin quand la machine tomba en panne d'essence à deux kilomètres du village. Il marcha vingt minutes en fixant les lumières, les mains derrière le dos, dégrisé mais ivre de chagrin. Il s'était vengé. Il ajoutait au florilège des gens qui frappent du poing le rebord de la table où ils viennent de se cogner, ou bien cassent le poste de téléphone qui apporte les mauvaises nouvelles, une autre catégorie de justiciers : ceux qui bousillent la route sur laquelle leurs proches ont péri.

C'était lui-même qu'il avait puni en détruisant l'asphalte. Il se jura d'attaquer à la pioche l'intégralité de la route, dès le lendemain, jusqu'à s'en faire saigner les mains. Il défoncerait le moindre pouce carré de ce goudron dont il avait été le promoteur et sur lequel sa fille venait d'être immolée.

L'agitation qui régnait chez lui ne convenait pas à une nuit de veillée mortuaire. Des voitures étaient garées devant l'entrée, phares allumés. On entendait des cris. Édolfius remarqua qu'on installait un corps à l'arrière d'une fourgonnette. Il s'approcha et apparut dans la lumière des phares.

— Où étais-tu, malheureux ? cria le sergent.

— Ton autre jumelle ! dit la voisine. Elle s'est ouvert les veines ! De chagrin !

— Mais on peut la sauver, coupa Tamara.

— Oui, dit la pharmacienne ! Si on arrive en moins d'une heure à la ville !

Les porcs

> *They have convinced themselves that man, the worst transgressor of all the species, is the crown of creation. All other creatures were created merely to provide him with food, pelts, to be tormented, exterminated. In relation to them, all people are Nazis; for the animals it is an eternal Treblinka.*
>
> ISAAC B. SINGER,
> *The Letter Writer.*

UNE LETTRE POSTÉE DE KENTBURY ÉTAIT PARVENUE CE MATIN-LÀ AU TRIBUNAL DE SHIPBURDEN, À L'ATTENTION SPÉCIALE DE L'ATTORNEY DU CHEF-LIEU.

« Cher Monsieur,

Ce n'était pas pour en arriver là !

De père en fils, nous vivons ici, comme nos grands-parents et comme les parents de nos grands-parents et même plus loin dans le passé, comme les fondateurs de notre famille. Dans notre sang, la vigueur des fermiers. Ceux qui ont dépierré les champs, levé les murets, préservé les carrés de forêts et prospéré sur ce calcaire. La question du destin ne se posait jamais : les gosses reprenaient la ferme des pères. Ils travaillaient dur et se montraient dignes. J'ai hérité de la mienne en 1969.

Le Dorset était un paradis, la vie était douce.

Qu'avons-nous fait et qui est coupable ?

Comment avons-nous pu laisser l'enfer s'inviter sur ce carré de terre ?

Je ne veux plus entendre leurs cris. Je ne peux plus les supporter.

Ils vivent dans l'obscurité en permanence. Lorsqu'on fait coulisser la porte à glissière, ils entendent le grincement et commencent à geindre. Leur plainte gonfle dans le noir. Elle fait comme un rempart qu'il faut forcer pour entrer. Quand ils sentent qu'on pénètre sur les rampes de grillage, ils ruent dans les cages, se cognent aux barres. Le fracas du métal se mêle aux hurlements. La clameur monte en intensité. Je ne veux plus de ces cris : c'est un bruit monstrueux, absurde, un son que la loi de la nature interdit.

La nuit, les cris sont dans ma tête. Ils me réveillent, vers une heure, après le premier sommeil. Mes cauchemars sont l'écho de ce mal.

Les choses ont commencé il y a quarante ans. Il y a eu la première ferme intensive et les autres éleveurs ont emboîté le pas. Ensemble, cela n'aurait pas été difficile de résister. On serait resté un peu à la traîne. On aurait continué comme avant et les tendances du monde auraient glissé sur nous. La difficulté n'est pas de rester à quai, mais de voir son voisin monter dans le train du progrès sans vous. C'est le mimétisme qui a couvert le Dorset de hangars à cochons.

La campagne s'était trouvé de nouveaux chefs, des types qui la réorganisaient dans leurs bureaux. De Londres, de Bristol, ils sont venus nous convaincre que l'avenir était dans la production en batterie. Ils disaient qu'aujourd'hui un éleveur doit nourrir des centaines, des milliers de gens entassés dans les villes. La planète n'a plus la place pour le bétail, les hommes n'ont plus le temps de le mener au pré. Sur la même surface, désormais, la technique permettait d'augmenter les rendements ! Il suffisait de ne plus exiger de la terre qu'elle fournisse sa force aux bêtes, mais de leur apporter l'énergie nous-mêmes, sur un plateau !

C'était une révolution. Car nous avions été élevés par des gens qui croyaient à la réalité du sang. Jusqu'ici, les bêtes que nous mangions se nourrissaient d'une herbe engraissée dans le terreau du Dorset, chauffée au soleil du Dorset, battue par les vents du Dorset. L'énergie puisée dans le sol, puisée dans les fibres de l'herbe, diffusée dans les tissus musculaires des bêtes irriguaient nos propres corps. L'énergie se transférait verticalement, des profondeurs vers l'homme, *via* l'herbe puis la bête. C'était cela *être de quelque part* : porter dans ses veines les principes chimiques d'un sol. Et voilà qu'on nous annonçait que le sol était devenu inutile.

Ils nous serinaient leur slogan préféré : "Il faut transformer le fourrage en viande." J'y ai cru. Nous y avons tous cru. Nos yeux ont changé. Lorsqu'on me livrait les sacs de granulés, je voyais des jambons.

Nous avions du respect pour ces sacs : ils représentaient de la viande. Nous avions de la considération pour la viande : elle représentait de l'argent. Nous avons oublié qu'au milieu il y avait les bêtes. Nous les avons annulées. Et c'est pour cela que nous les avons privées de lumière.

Nous les avons parquées dans des cages où elles ne pouvaient ni avancer, ni reculer, ni se retourner, ni se coucher sur le flanc. L'objectif était qu'elles se tiennent parfaitement immobiles car le mouvement gaspille l'énergie. Pour que le processus de fabrication des protéines fonctionne à bon rendement, il faut éviter les déperditions. Déplace-t-on les usines à tout bout de champ ? Les cochons étaient des usines. Solidement implantées.

Chaque innovation a son inconvénient, mais chaque inconvénient sa réponse. L'immobilité rendait fous les cochons ? Je les shootais aux antidépresseurs. L'ammoniaque du lisier leur infectait les poumons ? Je mélangeais des antibiotiques à leur ration. Il n'y avait rien qui n'eût sa solution. Et ce qui n'avait pas de solution n'était pas vraiment un problème.

Les porcs était engraissés pendant vingt semaines. Les pelletées de granulés moulus que je balançais dans les stalles pleuvaient sur les dos roses. La poudre se prenait dans les soies. Ils avaient pris l'habitude de se secouer pour faire retomber la farine alimentaire. Il paraît que l'homme s'habitue à tout. Le cochon, non. Même après vingt semaines, ils continuaient de mordre leurs barreaux. Comme pour les couper. La question est de savoir si un homme a déjà enduré pareille souffrance. Il y a un écrivain juif qui prétend que oui.

Les plus angoissés étaient les porcelets. On les sevrait au bout de trois semaines pour inséminer à nouveau les mères. En deux ans, une truie donnait cinq portées. À la dernière, c'était l'abattoir. Pour la tétée, la femelle se couchait sous une herse mécanique. Les petits avaient accès aux mamelles à travers les barreaux. C'était leur seul contact avec leur mère. Ils se battaient et, pour qu'ils ne se mutilent pas à mort, je leur arrachais à vif la queue et les incisives. Le problème lorsqu'on transforme les granulés en viande, c'est qu'on métamorphose les porcelets en loups.

L'immobilité avait une autre conséquence. Les membres s'atrophiaient. Les muscles des pattes fondaient. Certaines truies, gonflées à craquer de lait et de viande se soutenaient à peine sur leurs membres débiles. Parfois, lors des inspections, je me demandais si nous n'étions pas en train de fabriquer une nouvelle race. J'avais lu dans le *Daily Observer* que l'homme moderne n'avait pas terminé son évolution. Assis devant ses ordinateurs dans des pièces surchauffées, il continue à grandir. Ses bras s'allongent, ses os s'affinent et son cerveau grossit. Qui sait si nos descendants ne ressembleront pas à des êtres aux corps mous avec des cortex surdéveloppés, des yeux énormes et une main unique tapant sur des claviers ?

En se débattant, les cochons se cognaient, certains s'éborgnaient. Les plaies s'infectaient et le pus ruisselait. Des chancres couvraient l'intérieur des membres. Les hémorroïdes couronnaient les anus d'une pulpe pareille à celle des grenades. Tant que les infections ne gâtaient pas la chair, elles m'importaient peu. Sous les couennes couvertes de bubons, la viande reste saine. Dans la pénombre, on ne distinguait pas grand-chose.

Sous la voûte du hangar, la charge magnétique de la violence s'accumulait. La bulle gonflait, mais n'éclatait jamais. La souffrance extrême ne rend pas docile. Elle rend dingue. Nos usines étaient des asiles. Certains porcs devenaient dangereux, ils attaquaient leurs congénères. Les cages avaient été conçues pour les immobiliser, elles servaient à présent à les protéger les uns des autres. Seuls les porcelets vivaient ensemble. Quand l'un d'eux mourait, on se hâtait de retirer le cadavre. Les autres l'auraient dévoré.

Herbert Jackson fut le premier. Il tenait une grosse exploitation en bordure du Fiddle, un ruisseau sur les rives duquel paissaient jadis des troupeaux. Les anciennes pâtures rapportaient bien. Puis on les avait vidées de leurs bêtes et mises en jachère. Herbert ressentit les premiers symptômes de la dépression au début de la sixième année d'élevage intensif. On l'aida comme on pouvait. Il consulta des médecins, se bourra de médicaments, embaucha un second manœuvre pour lever un peu le pied. Mais rien n'y faisait. Il nous disait qu'il commençait à avoir peur de lui-même, que ce n'était pas pour cela qu'il avait choisi le métier et qu'il sentait bien que quelque chose nous échappait. Il employait de grands mots, parlait de “trahison”.

Le directeur de notre syndicat était intelligent, il savait quoi répondre. Un jour, à la réunion annuelle, il demanda le silence et s'adressa à Herbert en public. Il annonça qu'il fallait "lever des malentendus". Il expliqua qu'une bête qui n'a jamais connu la vie au grand air ne peut pas souffrir d'en être privée. Puis il dit que ne pouvions rien contre une société où il semble normal aux gens de trouver le kilo de viande à cinq livres. Nos pairs ne considéraient pas que la viande valût davantage. Ce n'était pas nous qui avions changé, mais la valeur des choses qui n'était plus la même. Lorsqu'une tranche de viande était une conquête, un porc avait une valeur. Lorsqu'une tranche de viande est une habitude, un porc devient un produit. Lorsqu'une tranche de viande devient un droit, le porc perd les siens.

Herbert lui rétorqua que la souffrance n'était pas affaire d'expérience et que les gènes d'un animal qui n'a jamais connu le jour ne le prédisposent pas pour autant à la nuit perpétuelle. La biologie n'avait pas programmé les porcs pour subir l'engraissement, la promiscuité et l'immobilité. Les bêtes enfermées avaient certainement la prescience de ce que représentait la liberté.

Le directeur avait haussé les épaules et brandit un livre intitulé *Porcs, chèvres, lapins*, un ouvrage de zootechnie publié dans les années 1920 par un certain Paul Diffloth. Il avait lu un passage à haute voix : "Les animaux sont des machines vivantes non pas dans l'acception figurée du mot, mais dans son acception la plus rigoureuse telle que l'admettent la mécanique et l'industrie." Il avait tendu l'exemplaire à Herbert et lui avait dit :

— Lis ça et reprends-toi.

À partir de ce moment on avait davantage vu Herbert au pub que dans sa ferme et il avait fini par tout vendre avant les Pâques de l'année suivante.

Lorsque les camions venaient charger les bêtes, la cohue était indescriptible. C'était bizarre de les voir refuser de quitter cet enfer. On les chargeait en paquet dans les bennes. Les hurlements devenaient indescriptibles. Les chauffeurs les haïssaient encore plus que nous. Ils tabassaient les récalcitrants, insultaient ceux qui faisaient perdre du temps. En 1980, on a commencé à utiliser des matraques électriques pour accélérer les chargements. On brûlait le trou du cul pour ne pas abîmer les couennes. Sous les décharges, les porcs se cabraient, bondissaient dans le tas, se frayaient passage en hurlant dans la muraille de viande. Beaucoup ne survivaient pas.

Parfois, la nuit, sur la route de Londres, je croisais les camions. Ils glissaient silencieusement sur l'asphalte. Dans le faisceau des phares, je voyais les groins passer par les fentes des planches. Les porcs sentaient l'air du dehors pour la première et dernière fois de leur vie. Les convois traînaient dans leur sillage un fumet âcre. Une odeur que je connaissais bien. La même que la mienne. J'avais fini par en être imprégné. Je puais de partout.

Les journées ont pesé de plus en plus. Chaque aube devenait plus sombre à la perspective des heures à vivre. Les nuits, elles, restaient blanches.

Le seul être que j'ai rendu heureux est mon chien. Le setter me fêtait lorsque je rentrais à la maison, et nous courions les bois, le soir. Un jour, mon fils Ed m'a lu un article où l'on décrivait le cochon comme un animal sensible et altruiste, aussi intelligent que le chien et très proche de l'homme en termes génétiques. Il m'a montré le journal avec un regard de défi. Je lui ai arraché et lui ai dit de ne plus jamais parler de ces choses. Plus tard, il a refusé d'entrer dans le hangar et, à la rentrée des classes, un professeur du collège m'a téléphoné pour s'étonner qu'à la ligne "profession du père" mon fils n'ait rien voulu inscrire.

*

« J'ai supporté cette cruauté quarante ans. Que dis-je ? Je l'ai organisée, régentée et financée. Chaque matin, je me suis levé pour contrôler le bon fonctionnement d'une arche de ténèbres. Chaque soir je suis rentré chez moi pour m'occuper de mon enfant et le regarder grandir.

Lorsque nous dînions, à table, l'idée ne me quittait pas que là, à trois cents mètres dans mon dos, se tenaient des bêtes encagées, embourbées dans les immondices, enfiévrées de terreur et rendues folles d'inaction. J'ai perdu l'appétit.

La maison était agréable. Le feu brûlait dans la cheminée. Tout ce que j'avais bâti s'enracinait dans la souffrance.

Mes complices ? Mes congénères. Le samedi, j'allais au *mall* et je les observais jeter nonchalamment la viande sous plastique dans les Caddies. Le plastique protège la conscience. S'ils avaient su, c'eût été notre faillite. L'édifice ne repose pas sur le mensonge mais sur l'ignorance.

J'ai réussi un exploit : en quarante ans, ne jamais

regarder un porc dans les yeux. J'aurais risqué de croiser un regard. Ne jamais laisser s'immiscer dans l'esprit l'idée que chacune de ces bêtes est un individu. Ne raisonner qu'en masse. Ne penser qu'à la filière.

Lorsque je me suis aperçu que je haïssais mes bêtes, je compris que Herbert avait raison. Nous avions inventé un élevage où l'animal est l'ennemi. Aujourd'hui, l'éleveur abaisse.

Nous avons rompu l'équilibre, trahi le lien charnel. Le sang qui coule dans nos veines ne sourd plus de la terre du Dorset. Il y a une dalle de béton sous le sabot des bêtes.

Je ne peux plus dormir. Les cris me réveillent. Il semble que l'odeur ne veut pas disparaître de mes mains.

Il y a cinq mois j'ai cessé l'exploitation. Et je viens juste de vendre la ferme. L'avenir de mon fils Ed est entre ses mains : un beau capital lui reviendra à sa majorité. Je compte sur sa mère, de qui je me suis séparé il y a quinze ans, pour l'aider à trouver une voie qui ne soit pas la mienne. Je lui souhaite de ne pas s'égarer.

J'ai trouvé mon arbre. Il se tient en bordure du Fiddle. Du sommet, on voit le fil des méandres onduler entre les parcelles et les dômes en demi-cylindres des hangars d'élevage. Je rêve que les portes de tôles s'ouvrent un jour et que les taches de pelage refleurissent sur le tapis d'herbe.

Pour dernier séjour, je choisis un poste de hunier après avoir occupé celui de soutier de l'enfer.

Cette lettre a été postée à l'attention de l'*attorney* de Shipburden le 18 juillet et lui parviendra dans quelques jours. Il la remettra à la mère de mon fils, qui en fera l'usage qu'elle veut.

Quand on lira ces lignes, je me serai pendu depuis un moment. Et il faudra encore du temps pour me retrouver.

Je souhaite exposer mon corps à la lumière du soleil, à la caresse du vent, au frôlement des branches et au murmure du Fiddle. À tout ce dont j'ai privé mes bêtes.

J'offre ma chair aux corbeaux. Je connais ceux de la région. Ils sont nombreux, intelligents et voraces. Ils viendront se servir au matin du deuxième jour. Avant de s'approcher, ils se posteront sur les chênes alentour pour observer les lieux. Puis ils s'enhardiront jusqu'à mes épaules. J'oscillerai un peu au bout de la corde.

Ensemble, nous rétablirons l'équilibre.

À chaque coup de bec, je m'acquitterai de ma dette.

Edward Oliver Nowils,
Kentbury, 19 novembre 2000. »

Le lac

J–20

La cabane fumait sur la rive du lac. Piotr ouvrit les yeux à 9 heures du matin. En novembre, dans la forêt, on n'est pas pressé de se lever. Entre un lit bien chaud et le sous-bois glacé, le corps n'hésite pas. Les fonctions internes maintiennent le corps dans le sommeil le plus longtemps possible. C'est la variante psychologique de l'hibernation. Ceux qui ont dormi près d'un poêle dans l'hiver sibérien comprendront.

Il restait vingt jours à tenir. Au regard des quatorze mille qu'il avait déjà passé ici, l'entreprise ne lui paraissait pas difficile. Mais en se réveillant Piotr savait que vingt jours d'impatience lui pèseraient davantage que quarante ans de résignation. Coup d'œil dehors. Cristaux de glace sur le carreau, ciel d'acier, forêt immobile. Pas un souffle. Le thermomètre cloué sur le sapin devant la cabane marquait – 27 °C. La première manifestation du froid est le silence. Piotr se leva et nota précautionneusement la date, **3 novembre 1995**. Il tenait à son calendrier comme à la vie. Et, d'une certaine manière, sa vie était liée à la bonne tenue de son calendrier. Chaque matin, avant d'enfourner une bûche dans le poêle, il notait la date du jour d'une minuscule écriture. C'était un rituel. Une journée dans la forêt en est composée. De manies en habitudes, on abat les heures qui mènent à la nuit. Dans les bois, la discipline personnelle est aussi nécessaire qu'un couteau. Connaître la date est une manifestation de dignité. En prison, les types qui ne tiennent pas le décompte des jours virent cinglés plus vite que les autres. La première ligne du cahier indiquait le **29 février 1956**.

Plus que vingt jours donc. Il fallait maintenir les règles, redoubler de concentration : la mort vous fauche parfois sur les sentes les moins périlleuses.

Comme il avait presque épuisé sa réserve, il fendit du bois pour vingt jours. Un tronc y passa. Il débitait le sapin, vêtu de deux chemises en laine enfilées l'une sur l'autre. Deux chemises suffisent lorsqu'on travaille par – 27 °C. Le froid n'affecte que les paresseux. Au-delà de – 30 °C, il fallait passer la veste. Dans la vie, il y a des seuils.

Il rentra pour le thé. Il cura la brique de feuilles séchées au poignard, et l'eau bouillante fit gonfler les poissons dans le quart en métal. En se brûlant les lèvres, il feuilleta le livre posé sur la table. Des livres, il en possédait huit. Six pour les œuvres d'Alexandre Dumas parues aux Éditions du Progrès, un album illustré sur les armes de chasse russes et un exemplaire relié de la première traduction en russe du *Pan* de Knut Hamsun. L'exemplaire datait d'avant la Révolution. Il ne se souvenait plus comment le roman avait pu lui arriver dans les mains et ne cherchait pas à imaginer pourquoi il avait survécu aux tempêtes de 1917. Piotr aimait cette phrase : « [...] car j'appartiens aux forêts et à la solitude. » Il l'avait gravée au couteau sur le linteau de la porte. Ainsi, les rares personnes qui lui faisaient le frais d'une visite étaient prévenues.

Par le carreau, il regarda le lac. Un tissu tendu entre les rives. Il se souvint d'un banquet auquel il avait assisté quand il avait vingt ans, juste après la guerre. C'était au mess des officiers. Il faisait le service. La nappe était la même : immaculée, impeccablement lisse. Sauf qu'ici, à la table du lac, les convives étaient rares et ne s'attardaient pas.

Le soir, en allant chercher de l'eau, il vit les traces d'ours sur le sable.

J-19

Dans la chaleur des couvertures, il pensait aux traces de la veille. Les fauves ne s'approchent pas des cabanes. À cette saison, la nature se prépare à l'hiver, les ours à leur nuit. La bête avait erré un long moment sur la plage : le sable était moucheté d'empreintes. Peut-être avait-elle senti l'odeur du jambon que Pavel avait apporté du bourg, la semaine d'avant.

Et le chien qui n'avait pas grogné ! Il arrive que les chiens se prennent d'amitié pour les ours. Au lieu d'aboyer à l'approche de la bête, ils se pâment, se fourrent dans ses poils et lui lèchent les replis.

Vers 11 heures, vrombissement. Un canot passait dans le lointain. Sans doute un pêcheur. Depuis quarante ans, Piotr avait pris l'habitude de se poster sur le seuil au moindre bruit de moteur. Quoi qu'il fût en train de faire, il s'interrompait pour scruter. La vie est trop sobre sous le couvert des bois pour laisser passer la distraction d'une petite coque labourant au loin la surface des eaux.

Autour du lac, chacun connaissait Piotr. On le surnommait « le vieux de la forêt ». Personne ne se rappelait quand il s'était installé dans les bois. Le canot ne fit pas le détour. Pourtant, les pêcheurs se fendaient souvent d'une visite à l'ermite. On lui apportait des conserves, des nouvelles, des cartouches et des piles pour la radio. En échange, Piotr était prodigue de la viande qu'il chassait, de ses poissons salés, des airelles dont il avait passé l'été à bourrer des bocaux, de la chaleur de son poêle. Quand il y avait des tempêtes, on se réfugiait dans sa baie. Les pilotes y trouvaient toujours à boire et à manger. Même si le vent les clouait trois jours durant. L'année du grand incendie, les gardes forestiers étaient restés chez lui deux semaines pour surveiller la progression des feux. Il les avait nourris de bon cœur. Lorsqu'il partait chasser dans la forêt, il ne fermait pas sa porte. Au cas où quelqu'un se serait pointé. Il ne craignait pas les voleurs : dans la taïga, pas de place pour les parasites.

De tous les visiteurs, Pavel était le plus fidèle. Pêcheur au bourg de Petrona, à cinq jours de marche ou cinq heures en canot, il venait de temps en temps visiter son « ami du fond des bois ». Piotr lui passait commande d'un outil ou de provisions. Il pouvait s'écouler deux mois avant la livraison.

— Je ne sais pas quand je pourrai revenir, disait Pavel.

— Je m'en fous, je suis pas pressé, disait Piotr.

— Comment fais-tu pour tenir le coup ?

— Ce sont les trente-cinq premières années les plus difficiles ; après, on s'habitue.

J–18

La journée était belle. Le soleil éclairait la glaçure des versants. Piotr avait assisté avec piété à des milliers de couchers de soleil. Si le paradis est réservé à ceux qui ont contemplé la beauté du monde, il était sûr de sa place. Si ce n'est pas le cas, il était sûr de l'enfer.

Par les doubles carreaux, Piotr embrassait une vue de peintre. La forêt de pins noirs mourait dans le lac à cent mètres de la cabane. Par une trouée, on voyait le croissant de la grève de galets filer vers le nord, mangé de plaques sableuses. L'immense plaine d'eau se fondait dans les brumes. Une herse de montagnes défendait l'horizon.

L'été, des touristes faisaient le tour du lac dans de petits canots à moteur. Ils mettaient huit jours à venir à bout des cinq cents kilomètres de rives. Quand ils découvraient l'anse de Piotr, la cabane dans la clairière, les rochers du rivage défendant la forêt, ils voulaient y camper. Piotr les accueillait, jouait avec les enfants. Il leur apprenait à trouver les myrtilles. Le lendemain, les petits pleuraient d'avoir à le quitter. Le vieux se liait avec les mômes aussi vite qu'avec les chiens.

Trois jours auparavant, il avait tiré un élan. Le dépecer prit une partie de la matinée. À midi, il rentra pour le thé. Il contempla le lac à travers la fumée de l'eau bouillante : le ciel et l'eau formaient les deux pans de miroirs inclinés. Ils convergeaient vers l'horizon où les crêtes les empêchaient de se rejoindre.

Dix-huit jours. Se pouvait-il que les parenthèses de la vie se ferment si facilement ? Que faudrait-il faire ? Brûler la cabane ? Retourner y vivre ? S'installer au bourg ? Saurait-il se réhabituer aux autres ?

Il vit l'ours le soir en allant chercher du bois. La bête rôdait au bord de l'eau. Le chien n'avait pas aboyé. Piotr jura et courut chercher le fusil. L'ours avait disparu quand il sortit sur le seuil, l'arme au poing.

J–17

Il coupa du bois, cloua un bardeau qui se décrochait, aiguisa ses outils, lut un passage de Hamsun, ravauda son filet, puisa l'eau au lac, recousit un pan de son sac et se roula une clope dans le journal du trimestre dernier. Ainsi de sa vie depuis quatre décennies : une succession d'actes vitaux. Bientôt, il serait libéré et le soleil de la Sibérie éclairerait le monde d'une couleur plus joyeuse.

Aujourd'hui, pas d'ours. Il passa quand même la journée le flingue en bandoulière.

J–16

Le thermomètre était encore descendu. Des oies à col noir passèrent en formation. La première neige tomba vers 10 heures et à midi elle était constellée de traces d'ours. Ce salaud-là aurait dû être en train de se chercher une tanière pour l'hiver. « Tu sens peut-être que l'occupant se tire bientôt d'ici », dit Piotr en regardant l'orée. Il fallait qu'il répare le piège.

J–15

Une journée entière dans la cabane. Car dehors…, un vent glacé.

J–14

Dans la nuit, il fit un cauchemar. Il était dans une cellule de la prison de Tomsk. Une lucarne de verre dépoli filtrait une lumière humide. Une araignée vivait dans les jointures des murs. La porte s'ouvrait, un officier apparaissait et crachait : « Tu as pris quarante ans. » Piotr se réveillait au moment où la porte claquait.

Il passa la journée à réparer le piège qui s'était faussé trois ans auparavant. Cet automne-là, Piotr était parti chasser quelques jours dans la taïga. Près de la cabane, un ours de deux cent cinquante kilos s'était pris la patte dans le piège et s'était tellement débattu qu'il avait tordu l'un des ressorts du mécanisme, avant de mourir d'épuisement. Piotr avait remisé l'appareil et depuis n'avait plus tiré les ours qu'au fusil.

Mais cet animal-là avait circonvenu le chien. Sa manière de rôder comme un Tchétchène, sa façon d'y revenir sans cesse, les entrelacs d'empreintes sur le sable des grèves : il fomentait un mauvais coup… À quelques jours du dénouement, Piotr ne pouvait rien laisser au hasard.

J–13

Le temps s'était adouci. Aux premières lueurs, Piotr posa ses filets au pied du talus sablonneux. Il fallait une demi-heure pour atteindre l'endroit à la rame. L'effort valait la peine car les poissons ne manquaient jamais. La journée était dangereuse. Elle portait le chiffre 13. Ne prendre aucun risque. Assis sur la planche de nage, il alluma une cigarette avec la page des programmes de télévision d'un quotidien de juillet. De la moufle, il caressa l'aluminium cabossé de la coque. Avec le fusil, le couteau, les livres et ses jumelles, la barque était un objet ami. Elle lui prodiguait loyalement ses services depuis quarante ans. Il se sentait bien dans ses flancs et s'entretenait doucement avec elle. La réclusion dans les bois lui avait donné une étrange conception du monde. Il croyait les objets animés de forces incorporelles, les éléments chargés de signes, le monde matériel fondé sur un ordre mystérieux, les animaux et les plantes dépositaires de secrets immémoriaux. Dans la partition de son univers, le moindre événement — le vol d'un oiseau, le froissement d'un serpent ou le rythme des vagues — était un signal que le cosmos envoyait à la surface de la Nature, à destination des âmes initiées. Les Hommes, eux, et même ce sacré Pavel, n'étaient que des automates, tristes esclaves de leurs passions, abrutis de désirs et prisonniers de leurs codes. Des machines avec lesquelles il fallait bien converser de temps en temps pour que ne s'atrophient pas les maxillaires. Dans sa vie, il avait davantage causé avec sa barque qu'avec ses semblables. Il souqua vers la cabane. Il reviendrait le soir remonter le filet.

Il se souvint de son installation dans la forêt. L'année mille neuf cent cinquante-six. Khrouchtchev à Moscou, le XXe Congrès et lui, ici, à deux mille kilomètres de Tomsk... Il se rappela les longues négociations avec les gardes-chasses pour obtenir le droit d'occuper la cabane, les réponses inventées aux questions posées, les faux papiers produits devant le chef de la réserve puis les mois passés à restaurer la bicoque et les allers-retours en canot à moteur pour convoyer tout le nécessaire...

Le poêle ronflait. L'eau chauffait dessus. Le chien dormait à côté. La hache était plantée dans le billot de fendage. Le couteau sur le chambranle de la porte. Le fusil posé sur le montant. Piotr était allongé sur sa couche. Il fixait des yeux les rondins du plafond. En ce moment précis, le filet de pêche flottait dans l'eau glacée et les poissons venaient y mourir. Leur chair lui donnerait l'énergie de continuer à vivre. Tout était en équilibre. La vie en cabane est une réduction de l'univers. Mais d'un univers qui ne connaîtrait ni expansion ni chaos. Seulement l'ordre.

Il se leva pour jeter une bûche dans le poêle. À chaque fois qu'il en enfournait une, Piotr prenait soin de l'inspecter. Il ne voulait pas risquer de griller des insectes. Il cognait le bois pour déloger les xylophages avant de l'envoyer en enfer. Dehors, lorsqu'il écrasait un capricorne en coupant des rondins ou butait par hasard dans une fourmilière, il se sentait mortifié. Tuer un élan, dépecer un ours ou piéger une martre l'émouvait moins. Mais les insectes... Ces petits bijoux articulés, dans leur livrée vernie, avec leurs dentelles, étaient d'une telle délicatesse. Parfois, il les emprisonnait sous un verre et les observait pendant des heures avant de les relâcher sans leur faire aucun mal. C'est pour cela qu'il les épargnait : en remerciement de leur beauté.

Il y a quarante ans à Tomsk, Piotr avait tué un homme.

J–12

Piotr avait un chien pour n'être pas seul, un fusil pour n'avoir pas faim, une hache pour n'avoir pas froid. Ce jour-là, il caressa le premier, graissa le second, aiguisa la troisième. La vie n'est pas compliquée quand on a tiré le rideau de la forêt sur toute ambition.

J–11

Pendant un moment il avait hésité à tenir son journal. Mais que se passerait-il ici pendant tant d'années qui méritât qu'on le consigne ? Les ermites qui composent des œuvres ont un feu qui leur dévore le cœur. Piotr n'avait aucun feu en lui. C'est tout juste s'il sentait qu'il lui battait un cœur.

Lorsqu'il avait tué l'officier, il n'avait rien éprouvé. C'était un crime sans mobile — un acte gratuit. Pendant la guerre, Piotr avait servi sous les ordres du lieutenant Ghlanov. Il avait fêté ses vingt ans sur le front de Poméranie, combattu en mars 1945 dans la baie de Stettin aux côtés des soldats polonais. Dix ans plus tard, il avait croisé le lieutenant, par hasard dans une rue près de l'université. Ils étaient allés chercher deux bouteilles et s'étaient enivrés chez l'officier. À minuit, Piotr était allé acheter une troisième bouteille au kiosque. Ils l'avaient vidée encore plus vite que les deux premières. L'appartement était surchauffé. Piotr supportait mal l'odeur de saucisson qui flottait. Le lieutenant parlait de la *jigouli* qu'il venait d'acquérir, de ses deux filles admises à l'université d'électromécanique d'Omsk, de sa datcha avec potager attenant et de ses vacances à Leningrad. Piotr n'avait rien à répondre, car il vivait depuis la fin de la guerre dans l'appartement de sa mère, dormait dans la cuisine ou en cellule de dégrisement et n'arrivait pas à rester plus de trois jours d'affilée dans les chantiers de cantonnier où on l'employait par pitié. Le lieutenant continuait l'inventaire du contentement de soi. À trois reprises, sa femme était sortie de la chambre à coucher pour engueuler son homme et exiger que Piotr débarrassât le plancher. Elle était blonde et grasse en son peignoir. Piotr avait saisi la bouteille et lui avait lancé au visage. La femme s'était écroulée. Le lieutenant avait décoché une droite molle dans la mâchoire de Piotr. Ils avaient roulé sur le sol. Piotr avait sorti son couteau et avait saigné son officier comme un brochet, de haut en bas, dans le mou du ventre en remontant consciencieusement jusqu'au plexus. Puis il avait essuyé l'acier sur le peignoir de l'épouse évanouie et était sorti dans la rue avec le fond de la bouteille.

J–10

Insomnie. L'approche de la date lui tendait les nerfs. Dans cinq jours, il partirait, il marcherait cinq jours et tout serait fini, tout pourrait commencer. Il alluma la radio et réussit à capter la station de Moscou. Une canicule avait fait deux mille morts à Calcutta. Un envoyé spécial décrivait la situation. On l'entendait à peine à cause du bruit de fond. Piotr se redressa sur le lit. Par la fenêtre, la lune dans le lac. Le froid, le silence et la solitude sont les trois produits de luxe du monde contemporain.

À l'aube, les traces d'ours parsemaient la neige devant le seuil de la cabane. La bête ne se montra pas de la journée. Au crépuscule, Piotr fixa le piège au pied d'un cèdre, en bordure de la rive. Il l'appâta avec les abats de l'élan.

J–9

Les bouleaux perdaient leurs feuilles. Certains étaient déjà dénudés. De loin, l'entrelacs de leurs branches vernies faisaient une dentelle mauve. Piotr ne sortit pas de la cabane. Dehors, la tempête. Les rafales emportaient les écheveaux de neige : le froid avait lâché ses cheveux dans le vent. Cette nuit, Piotr avait cru entendre gratter à la porte.

J–8

L'autre soir, dans les filets, la prise avait été bonne : un plein bac d'ombles à la chair grasse. Il les vida et les sala. Il y en avait suffisamment pour les jours restants : de quoi tenir jusqu'au départ et pour les cinq jours de marche. Le miracle aurait été qu'un canot à moteur passe le jour où il fallait partir. Mais il ne croyait pas aux aubaines. Il venait de traverser une existence qui en avait singulièrement manqué.

Sa chance avait été de découvrir la cabane. Après le meurtre, il s'était laissé guider par l'inspiration. Il s'était rendu à la gare de triage et était monté dans le wagon d'un train chargé de câbles de cuivre à destination d'une ville industrielle des bords de l'Amour. Le cuivre n'isole pas très bien du froid. Le voyage avait duré quarante-huit heures. Il avait trouvé un peu de chaleur dans sa conversation avec un compagnon d'infortune déjà pelotonné dans un coin. C'était un de ces mystiques russes, un vagabond pas lavé depuis des années qui grillait le dur et sillonnait le pays en priant secrètement. Deux jours plus tard, l'assassin en cavale était descendu en pleine nuit dans une station du bord du lac où le train marquait une halte technique. Il jugeait suffisants deux mille kilomètres entre son crime et lui. Il n'avait pas voulu réveiller le pèlerin endormi parce qu'il avait préféré lui voler ses papiers. Le pauvre hère s'appelait Piotr. Le meurtrier lui emprunta son identité.

À la réserve naturelle, il avait trouvé un emploi de garde forestier. On ne lui avait pas posé trop de problèmes : c'était une veine de trouver un volontaire pour tenir cette cabane, à cinq jours de marche de toute vie humaine. Piotr s'y était installé pour veiller sur la beauté d'un horizon vide. Vingt ans plus tard, les restrictions de Moscou avaient précipité la fermeture de bon nombre de réserves sur le territoire russe. Piotr avait été oublié, hunier sans capitaine, échoué sur les bords de son lac.

J–7

Moins vingt au thermomètre, air cristallin. On distinguait parfaitement la rive opposée, à cinquante kilomètres. Des coulées de forêt dévalaient les talus rocailleux jusqu'à la grève. Le lac était agité. Le ressac hachait la ligne de galets. Sur la grève, pas de nouvelles traces. L'ours avait peut-être déserté les lieux. « Sept jours », dit Piotr. Et afin de calmer la fièvre, il se servit un verre d'alcool de baie. Le bon jus lui râpa la trachée et diffusa dans son ventre une grasse chaleur. Il leva le second verre devant la fenêtre. « Au lac ! »

Il se réveilla en pleine nuit. Il s'était endormi sur la table. La bouteille était vide. Il crut qu'un trois-mâts fantôme aux voiles en haillons voguait au-dessus du lac. C'était la lune qui éclairait la charpie des nuages.

J–6

Au réveil, une vision : un vol d'eiders dans les lueurs naissantes. L'escadrille fusait vers le sud. Avait-elle seulement conscience de sa splendeur ? « Demain, dès l'aube… » Il connaissait Victor Hugo. Il l'avait étudié en classe. Dans les écoles de l'Union soviétique, on vénérait le « grand-poète-socialiste-français ». Le départ était pour le lendemain. Il prépara son sac : cinq jours de poissons salés, la tente, le fusil, la couverture, la hache, les cartouches, les jumelles, les allumettes. Il marcherait vers le sud, le lac à main droite. Il suivrait le sentier côtier ouvert par le passage des animaux, légèrement en retrait de la rive, juste derrière le rideau des arbres. Le tapis de mousse et d'humus rendait la marche élastique.

Il imaginait son arrivée au bourg. Il irait passer une nuit chez Pavel. En quarante ans, Piotr ne lui avait rendu visite que deux fois. Le jour suivant, il se présenterait au poste de la milice et demanderait à voir l'inspecteur.

Le chef lui dirait :

— Piotr ? tu es sorti de ton trou ?

Et il lui répondrait par cette phrase qu'il moulait

dans son esprit depuis quatre décennies et qui lui rendrait son identité, solderait ses comptes devant le tribunal des Hommes et le rétablirait dans ses droits :

— Inspecteur, je ne m'appelle pas Piotr. Je suis Ivan Vassilievitch Golovinov, je me suis rendu coupable du meurtre de l'officier Glhanov à Tomsk en 1956. Quarante ans plus tard, je viens solliciter la grâce pour ma faute et réclamer la prescription conformément aux dispositions du droit russe. Je demande le versement de ma pension d'ancien combattant à titre rétroactif.

En Russie, la société mettait quarante ans à passer l'éponge sur vos crimes. C'était long, mais ensuite, c'était plus rentable que l'absolution des péchés sous les bulbes orthodoxes.

J–5

Le soleil décocha son premier trait par-dessus les chaînes de l'Est. Piotr marchait déjà vers le sud. Le chien caracolait à trente mètres devant lui, furetant dans les vieilles souches.

J–4

La nuit avait été bonne auprès du feu. La journée fut longue au bord du lac. La nuit serait bonne auprès du feu.

J–3

Deux cerfs, un eider, un élan et au moins trois écureuils au tableau de chasse des rencontres. Dans trois jours, il aurait à nouveau le droit d'être un homme parmi ses semblables.

J–2

Les cèdres nains faisaient obstacle. Leurs branches barraient le chemin. Il fallait ramper dans les tunnels ouverts par le passage des bêtes. Pour éviter l'obstacle, il gagnait la rive. Les chevilles souffraient sur les galets ronds, chaque pas était un triomphe, il revenait sur le chemin obstrué de végétation. Il passa la journée à osciller entre la forêt et la grève. La vie pour certains s'écoule ainsi, dans la conviction que le bonheur se trouve ailleurs. Lui au moins avait évité cet écueil. L'érémitisme l'avait vacciné contre l'insatisfaction.

J–1

Nuit coupante. Le thermomètre était tombé sous – 25 °C. Au matin, il fallut deux heures de marche pour que le sang huile à nouveau les rouages. À trois heures de l'après-midi, la forêt s'ouvrit sur les fumées du bourg. Quatre jours et demi : il avait fait vite. La sente devenait un chemin puis une piste, puis une route de goudron. Les routes connaissent le même destin que les rivières : elles enflent et se jettent dans plus gros qu'elles. Il s'arrêta et s'assit contre un cèdre. Quarante années de réclusion et cent kilomètres de marche l'avaient mené à la porte de la ville. Au seuil d'une nouvelle vie.

*

Les formalités prirent plus de temps qu'il ne l'avait imaginé. Le dossier se perdit jusque dans les labyrinthes moscovites. L'inspecteur aimait bien Piotr, il continua d'aimer Ivan. Il prit en main la direction de l'affaire, s'enquit lui-même de l'avancée des choses et insulta le préposé de Moscou qui lui répondit au téléphone pour la quatrième fois que « le processus était en cours ».

Au bourg, la nouvelle fit grand bruit. Elle suscita des réactions partagées. Deux ou trois connaissances de Piotr se détournèrent du « vieux de la forêt ». Les juges qui sommeillent au fond de certains cœurs n'ont pas besoin de grand-chose pour se réveiller. Piotr découvrit que les administrations accordent la prescription plus facilement que les hommes. Il essuya des insultes, croisa des poings levés. Un matin, il passa au large d'un groupe de pêcheurs et deux ou trois « assassin ! » fusèrent derrière son dos. Mais la majorité des habitants considéra que quarante ans de solitude avaient lavé la faute et que le passé d'un homme ne compte pas.

Pavel fut des fidèles. Les vraies amitiés se moquent de l'histoire ancienne. Piotr vivait chez Pavel attendant qu'on lui rende ce qu'on lui devait.

Un matin, les documents arrivèrent. L'inspecteur frappa à la porte de Pavel. Il sortit trois verres de sa veste, une bouteille d'un demi-litre enveloppée dans un journal, et servit les rasades. Il remit une enveloppe au vieux trappeur et leva son verre de vodka.

— C'est ton absolution civile avec les compliments de l'administration. Pour l'absolution céleste, le gouvernement ne peut rien pour toi et, pour la solde, il te faudra revenir dans un mois. Ensuite elle te sera versée ici, au bourg, chaque année.

Ils burent.

Désormais, Piotr s'appelait Ivan, était officiellement reconnu comme natif de Tomsk et vétéran de la Grande Guerre patriotique de 1941-1945 avec citation pour sa participation aux combats de la baie de Stettin.

Pavel encouragea son ami à s'installer au bourg. Il lui trouverait une petite maison avec un jardin. Le vieux solitaire aiderait à la pêche et finirait ainsi ses jours, entouré de camarades. Il retrouverait le goût du thé partagé et des toasts bruyants. Et quand il le désirerait, on se rendrait à la cabane pour y séjourner quelques jours, comme au vieux temps.

L'urgence était de « tirer un trait sur le passé », comme l'avait dit Pavel. Il fallait aller chercher le matériel à la cabane et le rapatrier au bourg.

Le matin où ils partirent en canot, des nuages noirs hachuraient le ciel. Des bancs de brumes montaient à l'assaut des grèves et s'enroulaient à la cime des pins. Des canards s'envolaient en éventail. Leur sillage laissait la trace d'une main de géant à la surface du lac. Piotr-Ivan, engourdi par le vrombissement, regardait défiler les pins sur la rive. Il avait vécu pendant quarante ans aussi anonyme qu'eux.

Cinq heures de canot puis la cabane. Un corbeau s'envola. Piotr-Ivan suivit des yeux sa course vers le nord.

— Ce sont mes souvenirs qui prennent le large, dit-il.

— Déjà nostalgique ? dit Pavel.

Pendant que Pavel amarrait le canot, Piotr-Ivan se dirigea vers la cabane à pas pesants.

La seule chose dont il eut le temps de se rendre compte lorsque l'ours le chargea, c'est que l'animal boitait. La bête le tua net d'un coup de patte sur le crâne et disparut dans les taillis. Pavel n'eut pas même le temps de saisir son fusil. Dans le ciel, des corbeaux croassèrent. On les avait dérangés. Les oiseaux étaient en train de partager la patte sanguinolente, coincée entre deux mâchoires d'acier, que l'ours avait rongée pour se dégager du piège. La bête avait attendu pendant des jours le retour de l'homme.

Le soir même, Pavel rapportait le corps de son ami au bourg.

Dans la forêt, il y a une justice.

Mais c'est rarement celle des hommes.

L'île

À part le Malais à la tête aussi solide que le roc, personne ne se souvenait du naufrage. Le typhon avait drossé le ketch *Santa Maria* sur les côtes de l'île. La tempête avait été l'une des plus violentes de ces dernières années dans le Pacifique. Le capitaine avait perdu le contrôle du bateau lorsqu'une rafale avait pulvérisé le génois. Les matelots avaient tardé à affaler. Quand la coque avait touché le récif après avoir sanci une première fois, le professeur Iannos Lothka — célèbre éditeur hongrois membre de la Société de géographie de Budapest et maître de plusieurs cercles ésotériques d'Europe centrale —, calé dans sa bannette, avait pensé que les craquements du bois ressemblaient au bruit d'un os qui se brise. Il s'était fracturé le tibia en patinant sur le Balaton : même sinistre écho sous le crâne.

Le Malais fut le premier à revenir à lui. C'était un marin que le hasard des engagements avait conduit des côtes du Sarawak jusqu'au port mexicain de F..., aux bords du Pacifique. Sur le ketch, ils étaient une quinzaine comme lui, tristes hères des océans, traînant leurs destins de cales en tripots, *shangaïés* en pleine nuit devant un whisky frelaté par des recruteurs qui traquaient les ivrognes à la porte des bouges pour leur faire signer des contrats d'esclaves. Les types se réveillaient le matin sur un navire, en uniforme de matelot, la tête vide de tout souvenir, soumis sans espoir de retour aux ordres d'un capitaine plus puissant que Dieu et dont la foudre s'abattait dans un claquement de fouet.

Couché dans le sable, le Malais ouvrit les yeux. Des souvenirs épars dérivaient dans le brouillard de sa migraine et s'agrégeaient lentement un à un. Des images se formèrent, les scènes se reconstituaient : la tempête, la nuit d'encre, l'océan blanc avec les cris des hommes et les ordres hurlés dans les rafales. Sans bouger, il regarda le ciel. Il faisait beau et le soleil brillait. La lumière faisait mal.

Il se leva. Des débris de bois, des coffres éventrés, des poutres, et des haillons de voile mouchetaient la grève. Il fouilla les décombres. Le ketch convoyait une cargaison en Australie : les matelots auraient tiré bon bénéfice de cette traversée — au moins de quoi boire pendant deux mois le whisky d'Adélaïde. Mais le ciel en avait voulu autrement. Le Malais passa en revue ce qu'on pouvait sauver puis il s'intéressa aux corps déposés par les vagues.

Des quinze membres d'équipage, seuls avaient survécu un paysan chinois du Sichuan qui ne connaissait rien à la navigation, un Russe de Vladivostok qui n'avait jamais tenu de cordage dans ses mains, un juif ukrainien que le capitaine avait cueilli au dépôt de police de Valparaiso, un marin grec qui se prétendait premier violon de l'Opéra de Thessalonique et un Breton de dix-huit ans originaire de Saint-Malo. Du capitaine, des autres marins, nulle trace.

Le professeur Lothka gisait sur le sable, en vie. Il avait embarqué quelques jours plus tôt à F... pour traverser le Pacifique. Les capitaines de l'époque libéraient les meilleures cabines du pont supérieur et les louaient aux voyageurs patients qui préféraient la vie de bord des navires marchands au confort lénifiant des lignes régulières. Le Hongrois venait de séjourner dans les Andes avec le scientifique prussien Falk von G... Ensemble, au cours du printemps, ils avaient exploré la façade occidentale de la cordillère péruvienne et Lothka mûrissait de publier les récits de l'Allemand.

Le Malais aida le Hongrois à se relever. Lothka jaugeait cent vingt kilos. Il fit quelques pas sur le rivage. Il roulait en marchant. Il avait les yeux de sa race : dans la fente des amandes mongoloïdes luisait l'acier bleu des ciels de la Puszta. Les hommes reprenaient conscience l'un après l'autre. Une vague, une autre vague : on entendait respirer le ressac et crier les oiseaux marins.

Ensemble, ils gagnèrent le haut du rocher qui surplombait la plage à son extrémité ouest. L'île était désertique, sa circonférence ne dépassait pas douze kilomètres. La bande corallienne s'élevait à trois mètres au-dessus de la surface de l'océan. La falaise basaltique, haute d'une trentaine de mètres, était l'unique relief. Un bosquet de palmiers balayait le vent. Les fous de Bassan tournaient dans le ciel. Des crabes orange s'aventuraient vers le ressac. Ils refluaient sous les rochers à l'approche de l'ombre la plus ténue. C'était tout.

Le Malais fut le seul à parler. Il dit en chinois à l'adresse du Sichuanais :

— M'est avis qu'on va crever ici.

Les hommes rassemblèrent le matériel échoué. Les rouleaux avaient craché des tonneaux de biscuits, de vin et de harengs fumés qui constituèrent le repas du soir. On dîna en silence. On ruminait des pensées lugubres.

Un orage s'abattit. On gagna le pied de la falaise. Aux dernières lueurs, le Grec découvrit un réseau de cavités naturelles creusées dans la paroi rocheuse. On s'y réfugia pour la nuit.

L'aménagement des niches basaltiques occupa les jours suivants. Il n'avait pas été facile de les attribuer. Certaines étaient plus spacieuses et on avait finalement résolu d'en tirer la répartition au sort. Iannos Lothka avait été chanceux : il avait obtenu la plus belle. On pouvait s'y tenir debout et une nappe de sable fin en recouvrait le sol.

Chacun avait remisé dans sa grotte les biens personnels rendus par l'océan. Le reste — l'équipement collectif, le bois, les voiles, les outils, les instruments de navigation, les dizaines de chandelles de cire et les menus objets qui appartenaient aux marins disparus — fut réparti équitablement au cours d'une journée où l'autorité de Lothka joua beaucoup pour que le partage ne tourne pas au pugilat. Parmi les effets, le Hongrois retrouva le coffre de bois qui contenait sa bibliothèque de voyage. Il le transporta jusqu'au fond de sa grotte. Il fit sauter la serrure avec un galet : la couche de poix qui enrobait le coffre avait protégé son trésor. Aucun de ses compagnons ne soupçonnait que le Hongrois possédait une malle de livres. Pas un ne remarqua sa joyeuse excitation.

Les mois passèrent, pas les bateaux. Chaque matin, l'un des naufragés désignés à tour de rôle s'installait au sommet de la falaise et chaque soir il redescendait en crachant :

— Rien !

« Rien ! » : le seul mot que chacun fut capable de prononcer et de comprendre dans six langues différentes. Un jour, on entendait « Nitchevo ! », un autre jour « Meïo », et tous savaient que cela signifiait la même chose : ils étaient échoués pour une nuit de plus sur les rives de l'oubli.

L'espagnol fut promu langue officielle de l'île. Chacun avait trimé suffisamment de temps sur les ponts des navires mexicains pour le comprendre. Lothka le savait pour avoir publié Pizarro et Cortés. L'île fut baptisée *Esperenza*.

Il fallut organiser la survie. Les réserves sauvées du naufrage s'épuisèrent vite. Mais l'île offrait plus de ressources que les hommes ne l'avaient imaginé au premier regard. Les algues séchées et le raphia des cocotiers procurèrent le combustible. Devant sa niche rocheuse, chacun entretenait son foyer. On chassa les crabes. Le Russe excellait à piéger les lézards dans les fractures rocheuses. On lança des raids dans la colonie de fous. Tantôt pour piller les nids, tantôt pour abattre un oiseau d'un coup de gaffe. On tendit les voiles pour récolter l'eau du ciel, qui s'abattait en des pluies quotidiennes. On fit moisson de noix de coco. Le Malais réussit même à prendre des poissons à l'aide d'un filet épervier vomi par les rouleaux.

Les espoirs de construire une embarcation s'évanouirent vite. Le bois des cocotiers n'offrait pas de flottabilité satisfaisante. Les écumes pacifiques empalissadaient l'atoll. Comment aurait-on passé la barre du récif ?

Les barbes poussèrent, les peaux se tannèrent. La pluie délavait l'horizon. Au menton du Chinois trois poils entrecroisés poussant comme des cheveux donnaient l'impression que le temps dévidait le fil des jours.

Dès la troisième semaine, les questions liées à la survie étaient résolues. La résistance de ces hommes, l'ingéniosité pragmatique, la force de caractère trempée sous les cieux du monde entier leur avaient permis de triompher de l'adversité. Chacun se nourrissait à sa faim, on entreprit même de constituer des réserves.

L'horizon était toujours vide.

Les corvées de subsistance constituaient la seule occupation. La contemplation des horizons traversés par des chasses de nuages colossaux était d'un piètre secours pour ces hommes d'action.

Dans les cœurs naquit l'ennui. Ils étaient englués dans le pot au noir des heures. Les minutes passaient comme des coques vides sur une onde silencieuse. Le naufrage les avait exclus de la marche du monde, la survie les extrayait de la marche du temps. Lorsque la nuit tombait enfin sur le Pacifique, la journée leur paraissait avoir duré un mois.

Le Russe et le Grec s'astreignirent à un tour

d'atoll quotidien, espérant fondre leur nausée dans l'effort de la marche. C'était faire les cent pas dans une cage. Et quand tous, du couteau, eurent décoré leur millième carapace de crabe, ils comprirent que les vrais récifs où ils s'étaient fracassés étaient ceux de la lassitude. Le désespoir dévore l'organisme plus sûrement que le scorbut.

Lothka, lui, ne dépérissait pas. Il arborait un éternel sourire. L'île lui était bénéfique : il fondait. Ses muscles gonflaient. Il paraissait serein, noyé dans des pensées. Parfois, il marmonnait des phrases pour lui-même et ses yeux brillaient. On le voyait peu sur la grève. Il s'acquittait de ses tâches et, dès qu'il avait fini, réintégrait sa niche pour ne plus la quitter jusqu'au crépuscule.

On avait édicté une règle sacrée. On s'était juré de ne jamais troubler l'intimité. La tranquillité avait été décrétée valeur suprême. Dans les grottes, personne ne se rendait visite sans y avoir été prié et si l'on avait à se parler, on le faisait à ciel ouvert. Pour avoir assisté à des meurtres sauvages, ces marins savaient que l'envie de tuer son prochain naît de la promiscuité. L'enfer, ce n'est pas les autres, c'est quand ils vivent trop près. Or, les cavités étaient suffisamment espacées pour qu'on puisse ne jamais se croiser. Par surcroît, chacun avait barricadé l'entrée de la sienne au moyen d'un muret de galets surmonté d'une herse de palmes séchées.

Un soir, Lothka convoqua ses compagnons sous les arbres. Le soleil descendait dans un ciel écarlate. La chaleur de la journée avait recuit les corps. Était-ce à cause de l'humidité ? Ce jour-là, les hommes de la *Santa Maria* avaient plus que jamais senti la glu du temps retenir les heures du jour. Lothka alluma une chandelle dans une noix de coco percée d'orifices. Il prit la parole.

— Asseyez-vous autour de moi.

Au milieu du cercle, il raconta l'histoire d'un capitaine devenu fou à cause d'une baleine blanche. Il peignit les tempêtes, les navigations dans les océans dangereux, le combat des pêcheurs contre des monstres marins gros comme des montagnes. Il imita la voix du vieux marin hanté par ses visions. La nuit était avancée lorsqu'il s'arrêta. La chandelle faisait danser des lueurs de cire sur son visage.

— Chaque soir, je vous dirai une histoire.

Les hommes gardèrent le silence. Les vagues roulaient, indifférentes. Le Russe se leva, mit la main sur l'épaule du Hongrois et murmura : « Merci. » Et tous, se levant, répétèrent le mot.

Le lendemain soir, on entendit l'histoire d'un jeune marin nommé Smbad courant les mers chaudes et les ports mystérieux. Le soir d'après, Lothka commença un récit qu'il mit plusieurs jours à achever : les aventures de Marco, marchand vénitien qui avait traversé déserts et steppes jusqu'en Chine. Ensuite, il emmena ses compagnons du côté de la Porte d'or et leur annonça qu'il connaissait assez d'histoires pour leur faire respirer l'haleine de l'Orient pendant mille et une nuits. Une fois, il n'interrompit qu'à l'aube le récit de ces deux cent cinquante marins portugais partis derrière leur capitaine pour voguer autour du monde et qui revinrent à dix-huit au port, orphelins de leur chef.

Tous les soirs, le miracle se reproduisait. Par la magie des mots, Lothka projetait sur l'écran des esprits le spectacle de contrées inconnues, traversées de héros qui bravaient le destin, habitées de créatures aux yeux plombés de khôl... Lothka, jongleur de mots, donnait la vie, la reprenait, levait des armées, forçait des alcôves, construisait des châteaux et incendiait des villes.

Les hommes écoutaient les récits avec avidité. Quand le Hongrois se taisait, il fallait longtemps à la pensée pour regagner l'enveloppe des corps alanguis sur le sable.

Sur l'île, la vie changea. La nuit, les récits de Lothka s'infiltraient dans le rêve des naufragés. Pendant la journée, les histoires continuaient leur œuvre, nourrissaient les conversations. Les personnages des contes peuplaient les esprits. Parfois, les matelots marchaient en groupe sur la grève et commentaient ce qu'ils avaient entendu la veille ou tentaient de démêler les intrigues. Les récits de Lothka devinrent une nourriture aussi nécessaire que les œufs des fous, le lait de coco et la chair des crabes.

À leurs yeux, le Hongrois n'était plus ce lettré fantasque qui avait loué la cabine du pont supérieur, cet urbain policé incapable de partager l'ordinaire d'un matelot. Que son imagination puisse enfanter chaque soir de nouveaux héros, camper de nouvelles scènes et échafauder des intrigues si complexes tenait pour eux du prodige. Le Magyar avait vaincu *l'ennui* ! Et en récompense de ce triomphe contre le néant, les hommes commencèrent à le vénérer. Dans le cœur des naufragés altérés de solitude, Lothka fut élevé au rang de demi-dieu.

Le Hongrois n'était qu'un marionnettiste, un barde débitant la saga, un passeur d'histoires. On le prit pour un démiurge. Il était fait pour les veillées, on le crut lié au Ciel. Sa place était au coin du feu sur le tabouret du conteur, on le jucha sur un piédestal.

Dans les âges anciens, la caste des sorciers était née de cette manière. Les membres du clan se soumettaient au plus imaginatif.

Lothka ne voulut pas précisément profiter de la situation, mais il est difficile de refuser les plateaux d'argent. A-t-on vu un prophète révéler à ses fidèles qu'il n'est qu'un affabulateur ? Il ne mentionna jamais les livres de son coffre et se laissa admirer. On lui interdit tout labeur. À tour de rôle, chaque jour, devant sa grotte, les naufragés lui déposaient les meilleurs vivres, renouvelaient son eau de pluie. On lui réservait les noix de coco les plus juteuses. Il reçut des couteaux, des voiles, des clous, des outils, et même une boîte à tabac que le Chinois avait retrouvée intacte. On s'empressait pour devancer ses désirs, on espérait un ordre. Lorsqu'un jour il émit le souhait de goûter à l'aileron de requin, tous se jetèrent dans le lagon, poignards et gaffes au poing. Rien n'était trop beau pour l'idole.

Les barbes poussèrent. Un an, puis deux se traînèrent sous les ciels lavés de pluie. Chaque soir, sous le couvert de la cocoteraie, le lumignon servait d'étoile centrale à la constellation des naufragés. Le cercle se formait longtemps avant que Lothka ne vienne y prendre place. L'aura du gourou ne faiblissait pas. Son emprise sur ses compagnons s'affermissait même mois après mois. Les matelots étaient fascinés que la source créatrice ne se tarisse pas.

À la troisième saison des pluies, Lothka souffrit d'insomnie. Ses lectures à la chandelle, l'excitation dans laquelle le maintenaient les livres, l'inquiétude de voir venir le jour où il en manquerait, levaient sous son crâne de mauvaises tempêtes.

Cette nuit-là, il avait relu jusqu'à l'aube les contes allemands d'un génie qui se croyait un destin de musicien. Il prévoyait d'en raconter un, le lendemain, à ses hommes. Il chercha en vain le sommeil et ce ne fut qu'aux premières lueurs qu'il sombra sur son matelas de voiles rembourrées d'algues sèches. À midi, il dormait encore.

À deux heures de l'après-midi, les hommes inquiets envoyèrent le Chinois en reconnaissance. Le matelot s'approcha de la grotte de Lothka. Il appela doucement. Il regarda à travers la palissade, mais la treille séchée ne laissait rien voir. Il souleva précautionneusement les palmes et passa la tête. La niche était baignée d'une lueur cireuse. Le Hongrois ronflait doucement. Le Chinois ne supporta pas le spectacle. D'un geste de chat, il rabattit sans bruit le pan de raphia et courut chercher les autres.

Dix minutes plus tard, les six naufragés d'Esperenza faisaient irruption chez le Hongrois. Lothka reposait, endormi au milieu de ses livres. Certains traînaient sur le sable, d'autres étaient jetés en tas contre la paroi du fond de la grotte, d'autres soigneusement empilés. La malle était ouverte, dégueulant de recueils. Un sac de voile contenait tous ceux dont il avait déjà nourri les veillées de la cocoteraie.

L'homme qu'ils croyaient éclairé par un feu intérieur, le maître oiseleur capable de faire danser ses personnages sur la scène du monde avec la baguette de l'éloquence, cet illusionniste dont ils idolâtraient le génie n'était qu'un vulgaire lecteur qui régurgitait les histoires puisées la veille dans ses collections. Un imposteur qui avait usurpé sa place sur l'autel. Les matelots n'eurent pas à se concerter.

Ils le saisirent et le traînèrent à la lumière. Lothka répondit de ses poings. Mais sa stature ne suffit pas à le défendre de six hommes. On le battit, il s'écroula.

« Brûlons-le ! » dit le Malais.

Le soleil frappait les crânes. Il était trois heures de l'après-midi, le Hongrois gisait sur le sable. Du sang coulait de son oreille. Les fous gémissaient dans le ciel. Il régnait l'atmosphère de fournaise qui prélude aux mises à mort.

Le Grec eut l'idée de la falaise.

Ils portèrent le corps au sommet de la paroi. Lothka reprit connaissance au bord du vide où on l'avait couché.

— Mets-toi debout, dit le Chinois.

Le Russe, d'un coup de poing, envoya le Hongrois dans le vide.

Son corps fut long à basculer. Il oscilla, pivota et tomba. Il s'écrasa trente mètres plus bas sur les rochers blanchis de guano. La rumeur du ressac couvrit le bruit de l'impact.

Les hommes restèrent immobiles. Le Russe s'épongea le front. Le Chinois faisait craquer ses doigts. Le Malais souriait, ivre de chaleur. C'est alors que l'Ukrainien risqua une question à son voisin grec.

— Tu sais lire, toi ?

On se regarda stupidement. L'un après l'autre, les hommes secouèrent la tête. Dans le ciel, le cri d'une mouette. En bas, un crabe gris pinçait la chair du mort. Les rouleaux fouettaient le sable.

L'ennui reprenait pied sur la grève de l'île.

Le phare

Il se dressait sur un promontoire à deux cents kilomètres de Vladivostok. Aucun phare de Russie n'occupait position plus australe. Planté au bord de la falaise, il ne dépassait pas vingt mètres de haut et ne servait plus à grand-chose. Presque personne ne passait au large. Parfois seulement un bâtiment japonais chargé de voitures d'occasion à destination de la poubelle russe ou un pétrolier en route vers Sakhaline. Il était loin le temps où la mer du Japon se pavoisait de voiles et de panaches. Mais les phares ne sont pas là pour prodiguer un service rentable. Ils sont là pour que la flamme demeure allumée.

Un siècle d'embruns avait délavé la tour. À son pied, la petite maison du gardien, dans le plus pur style russe, jouxtait un banya[1] de rondins. Sur la façade, les lettres CCCP et une étoile rouge survivaient au temps. Le bâtiment ne devait rien aux Soviétiques. Il avait été construit par les Bretons de la presqu'île de Crozon à la fin du XIXe siècle. Les

1. Version slave du sauna scandinave.

hommes du Finistère de l'Ouest avaient traversé l'Eurasie pour venir éclairer le Finistère de l'Est.

Vladimir Vladimirovitch grimpait chaque jour les cent quatorze marches pour vérifier l'état des lampes. À l'est s'ouvrait la mer du Japon. Au sud, la ligne de montagne marquait la frontière de la Corée du Nord. Ce soir-là, un ferry voguait au loin. La coque faisait un rectangle blanc et solitaire sur l'horizon. L'océan était houleux, le vent soufflait. Les vagues mordaient les rochers du cap. C'est la patience de la houle qui transforme les falaises en plage. Les rafales couchaient les roseaux de la lande. L'automne avait roussi la forêt alentour.

— Vladimir Vladimirovitch ! cria Alexandra Alexandrovna.

L'écho de la voix de sa femme s'enroula dans l'escalier.

— Quoi ?

— Une lettre de France !

« [...] *et c'est ainsi, cher Vladimir Vladimirovitch, que j'ai l'honneur de vous convier chez nous. Nous vous attendons à Brest le 15 décembre et vous rendrons à la Russie le 5 janvier. Nous espérons ardemment rencontrer l'homme qui préside aux destinées d'un phare construit par les nôtres dans les confins. S'ajouteraient à la joie de vous tenir auprès de nous le plaisir de vous faire visiter nos propres installations et l'honneur d'adresser à l'amitié entre nos deux nations un salut symbolique, par-dessus l'espace et à travers le temps...*

Émile Le Bihan,
Président du syndicat des gardiens
de phare de Bretagne, octobre 2003. »

Le Transsibérien use d'une semaine entière pour relier Vladivostok à Moscou. Vladimir Vladimirovitch avait accepté l'invitation. Les services français s'étaient occupés des formalités. Mais le Russe avait tenu à gagner la Bretagne par voie de surface. Il y a une politesse à ne pas se rendre trop vite aux endroits où l'on est invité. L'avion est fait pour les rustres. Vladimir Vladimirovitch passa le voyage à regarder par la fenêtre les bouleaux succéder aux sapins. Il mangea beaucoup, dormit douze heures par nuit et mit à profit le trajet pour lire une traduction en russe du *Petit traité sur les lentilles de Fresnel communément utilisées dans les phares maritimes*.

La semaine bretonne fut terrible. Sur les falaises de granit, on fit honneur au Sibérien. Le syndicat avait impérialement organisé les choses. Le Russe n'eut pas une seconde. Il grimpa dans les phares, rencontra les gardiens, s'attabla à des banquets officiels, visita des sémaphores et donna deux ou trois conférences que le président concluait toujours par un discours vibrant sur « *le phare, monument à la croisée de la mer, du ciel, de l'ombre et de la lumière* ». Le soir, Vladimir Vladimirovitch s'émerveillait de la gaieté qui régnait dans les bars. Il découvrait la joyeuse vibration qui emplit les rues à l'approche de Noël, cette électrisation des esprits et des corps avant la grande fête. Au fest-noz de Ploukernel, le twist cosaque eut un grand succès. Par un de ces mystères qu'éprouvent parfois les voyageurs, Vladimir Vladimirovitch se sentait chez lui dans ces antipodes hercyniens.

L'empreinte des lieux sur les caractères ont forgé des âmes identiques aux extrémités du continent. On ne vit pas sans conséquences au bord des parapets. Côtoyer la fin des terres a donné au Breton et à l'Extrême-Oriental un même penchant à la rêverie. Tous deux partagent la propension à dissoudre le vague à l'âme dans l'alcool. Cette communauté de caractère se lisait sur les visages. Vladimir Vladimirovitch et le président se ressemblaient. Mêmes têtes plates, mêmes yeux en olive, même paille blonde sur un front carré, même allure de débardeur.

Les Cosaques possèdent un point commun avec les Celtes : en parvenant aux confins du monde, les deux peuples ont eu à choisir entre se précipiter à l'eau ou se fixer le long des côtes. Le soir, avant les dîners protocolaires, le président du syndicat promenait son hôte de promontoires en pointes rocheuses. Vladimir Vladimirovitch aimait regarder le soleil s'abîmer dans l'Atlantique. Sur le bord des falaises orientales, le Russe n'avait jamais assisté qu'aux aurores. Quand il découvrit Pen-Hir, au bout de la presqu'île de Crozon, il se dit qu'il voudrait finir ses jours devant ce spectacle. Le ciel roulait des tourments. Le vent avait engrossé la mer. La houle bavait au pied de la falaise. En Bretagne, même la mer fait de la crème. Vladimir Vladimirovitch aimait les parois océaniques, cette manière qu'a la terre de tirer sa révérence. On traverse les campagnes, on passe des vallons et des villages heureux et soudain, c'est la falaise : la fin de l'Histoire, tranchée par la géographie.

— J'aime ce paysage, président !

— Il faut que vous alliez visiter un *enfer*[1], Vladimir !

Vladimir Vladimirovitch rejoignit le phare de K... le 22 décembre dans l'après-midi. Les feux du K..., coiffant une colonne de quarante mètres de haut postée sur un caillou au large d'Ouessant, évitaient aux bâtiments de s'éventrer sur les charpies de granit affleurantes. La navette eut de la difficulté à se maintenir à distance du rocher pendant que le Russe était amené au filin sur la plate-forme du phare. Le bateau devait venir le chercher le lendemain soir. Le président Le Bihan tenait à ce que le Sibérien passât les fêtes de Noël avec lui, à Brest. Le gardien, Joël Kerderon, avait été prévenu qu'un hôte de marque viendrait passer une nuit dans son enfer et qu'il convenait de le recevoir avec les honneurs. Il consentit donc à ouvrir une bouche qu'il n'avait pas desserrée depuis trois semaines.

— Salut ! dit-il.

Vladimir Vladimirovitch compta les marches du K...

Deux cent vingt-huit : le double de sa propre tour. Il se plaisait déjà.

Le Russe et le gardien dînèrent dans un silence rythmé par le bourdon de la houle. Ils mangèrent une soupe aux pois, un lieu grillé et des pommes de terre à la crème. Ils burent un vin blanc de Savoie. Le raclement des fourchettes tint lieu de conversation. Vladimir Vladimirovitch passa la nuit à courir le phare. Il détailla les boiseries de la bibliothèque,

1. Nom donné aux phares dressés sur des îlots rocheux par opposition aux phares continentaux appelés « paradis ».

en éplucha les titres (il y avait le *Tarass Boulba* de Gogol et un recueil de poèmes de Lermontov !), admira la lentille. À l'aube, la tempête se leva. La mer se voila d'un crêpe blanc. Le ciel, livide, toucha l'écume, le vent hurla dans la tour. Le coup de tabac était sévère, le phare gémissait, l'air sentait l'iode, Vladimir Vladimirovitch exultait. Le président Le Bihan appela à la radio à huit heures du matin et se répandit en malédictions : « On savait bien que le temps était à la dépression, mais qui aurait prévu que la tempête arriverait si subitement ? » L'après-midi, le baromètre poursuivit sa chute.

À terre, tout espoir s'évanouit de récupérer Vladimir Vladimirovitch pour le réveillon.

La deuxième nuit, l'océan sembla concentrer ses forces pour jeter à bas le K… La hargne atlantique coupa l'appétit aux deux hommes. Ils se couchèrent tôt. Le fracas était tel que Vladimir Vladimirovitch se dressait parfois sur sa couchette comme pour vérifier que le phare n'était pas en train de plier sous un coup de boutoir et, appuyé sur le coude, il regardait Kerderon, cherchant sur le visage breton tranquillement assoupi la confirmation que tout allait bien, que le phare tiendrait et qu'il pouvait reposer sans crainte. Les gardiens de phares terrestres ne sont pas aguerris comme les maîtres des enfers aux tempêtes de pleine mer. Le lendemain, à trois heures de l'après-midi, un soleil maladif perça la couche encore basse, annonçant un léger répit. La houle faiblit un peu, mais le vent ne permettait aucune sortie. Le Bihan appelait à la radio toutes les demi-heures, se morfondant de la situation, regrettant amèrement que le Russe ne puisse goûter à la chaleur d'un Noël breton, jurant qu'il réparerait ce coup du sort, promettant de braver la queue de tempête pour venir le chercher en personne le lendemain. Le président finit par lasser le Sibérien avec sa sollicitude. Au fond, Vladimir Vladimirovitch se félicitait de la situation. Passer la nuit de Noël avec un ermite mutique, dans une tour de pierre hantée de tempêtes et dressée aux avant-postes de la nuit atlantique, lui semblait autrement excitant que de partager la dinde dans l'intérieur surchauffé d'un pavillon douillet. Les empressements de Le Bihan finissaient par lui faire le même effet qu'un excès de mayonnaise dans le bortsch matinal.

À cinq heures du soir, Vladimir Vladimirovitch passa à l'action. Il ouvrit sa valise et fit l'état des lieux. Comme tous les Russes, il voyageait avec des provisions serrées dans des sacs de plastique. Il avait en réserve un bocal d'un kilo d'œufs de saumon, quelques tranches d'omouls du Baïkal enveloppées dans un exemplaire des *Nouvelles d'Irkoutsk*, du thé noir de Chine, un bloc de saindoux ukrainien, des cornichons au vinaigre moldave et une bouteille de deux litres de vodka Standard.

— Avez-vous un poêle portatif ?

Joël Kerderon était en train de graisser les gonds de la porte étanche qui donnait sur la plate-forme.

— Vous avez froid ?

— Non, mais je voudrais vous faire une surprise pour Noël.

— Pour Noël ?

Le gardien ne concevait pas que le réveillon pût bouleverser quoi que ce soit de ses habitudes. Sa vie était réglée comme un faisceau de phare. Tous les ans depuis vingt ans, il se couchait le 24 décembre, sitôt effectuées l'inspection des mécanismes et la vacation radio. Que des gens se réunissent pour célébrer un événement universel ne l'affectait pas. Pas plus que ne l'émouvait le fait qu'un Russe vînt s'enquérir d'un poêle portatif un soir de Nativité, dans son propre phare. Il était gardien d'un phare. Il ne vivait pas sur terre.

Vladimir Vladimirovitch s'activa pendant deux heures. Il transporta le poêle électrique dans la tourelle et poussa le bouton de chauffage à fond. Avec des couvertures, il colmata les jointures de la verrière sommitale et les interstices de la porte d'accès à l'escalier. Il calfeutra l'ouverture qui donnait sur la coursive extérieure avec un matelas qu'il monta à grand-peine dans les colimaçons. Il tendit les carreaux de larges bandes de papier d'aluminium, veillant à laisser libres les axes du faisceau lumineux. À huit heures du soir, il faisait 45 °C dans la salle des lampes.

Le Russe redescendit. Sur la table de la bibliothèque, il disposa les poissons fumés. Il fit bouillir un chou, beurra d'épaisses tranches de pain noir sur lesquelles il étala les œufs de saumon à larges fourchetées. Sur chaque tartine, il déposa une lamelle de citron et une branche d'aneth. Il disséqua les cornichons en quatre quartiers dans le sens de la longueur, les agença sur une assiette et dessina des rosaces avec des rondelles de tomate, de concombre, et de poivron. Il découpa des lamelles de lard et de tout petits carrés de fromage. Il posa deux verres à côté de la bouteille de vodka et fit chauffer trois litres d'eau destinés au thé noir. Le chou était prêt et luisait à la lumière des bougies, mou et blet dans l'assiette à soupe.

Là-haut, dans la verrière, le mercure touchait 60 °C. Vladimir Vladimirovitch plaça une brassée d'algues près du poêle. Kerderon les récoltait sur son rocher par temps calme et les faisait sécher dans sa cuisine en vue de décoctions.

D'abord le Breton ne voulut rien toucher. Il dit qu'il n'avait pas faim, prétexta qu'il voulait aller se coucher, qu'il n'était pas habitué aux cérémonies, que ce soir-là était un soir comme les autres et que, Noël ou pas, les bateaux continueraient de croiser au large des récifs et l'éclat de son phare de les protéger du naufrage. Le premier verre de vodka le convainquit d'en accepter un second. Vladimir Vladimirovitch prononça les toasts.

— Aux veilleurs de la nuit ! Un verre, du chou.

— À toute lueur d'espoir ! Un verre, un cornichon.

— Au triomphe de la lumière ! Un verre, des œufs de saumon.

La vodka faisait son œuvre. Elle fouettait l'énergie du Russe, désagrégeait l'asthénie du Breton.

— À l'Enfant Jésus, phare d'une longue nuit ! Un verre, une demi-tomate.

Ils étaient venus à bout du premier litre. La vodka ne fait jamais mal lorsqu'on la boit à deux. Le principe du toast a été inventé par les Russes pour se passer de la psychanalyse. Au premier verre, on se met en train ; au second, on parle sincèrement ; au troisième, on vide son sac et, ensuite, on montre l'envers de son âme, on ouvre la bonde de son cœur, et tout — rancœurs enfouies, secrets fossilisés et grandeurs contenues — finit par se dissoudre ou se révéler dans le bain éthylique.

— Et maintenant : *banya !* dit Vladimir.

Le Russe avait allumé des bougies sur trente-huit des deux cent vingt-huit marches qui menaient à la tourelle.

Lorsqu'ils ouvrirent la porte, une haleine de tropique leur sauta au visage. Les algues s'étaient raidies près du poêle. Elles allaient servir de *véniki*, ces rameaux de bouleaux que les Sibériens utilisent pour se fouetter le sang. Le thermomètre affichait 70 °C. La condensation perlait l'intérieur des vitres. Les deux gardiens se déshabillèrent. La structure vibrait, le vent ne s'était pas calmé. La nuit malmenait le phare.

Le Russe et le Breton soufflaient comme des veaux marins. Ils rissolaient dans la verrière giflée par les rafales. Les épais carreaux s'embrasaient à chaque éclair du phare. Un quart d'heure passa. La température montait. Les peaux rougissaient. Le battement des cœurs s'accélérait. Les poisons accumulés par les organismes s'exfiltraient par la grâce de la cuisson à l'étouffée. Les corps se purifiaient. Le Russe, ruisselant, servait de petites doses :

— Gloire aux faisceaux de l'aube ! Un verre.

— À la victoire du jour ! Un verre.

Le principe du *banya* repose sur la science du choc thermique. Les Russes ont horreur du juste milieu. Avec le *banya*, ils ont mis au point l'art de n'être bien nulle part : dedans, le four ; dehors, le pôle. Vladimirovitch ouvrit la porte de la coursive et poussa le Breton dehors. À quarante mètres au-dessus des flots, le vent hurla à leurs oreilles. Les premières secondes leur donnèrent l'impression de renaître, les suivantes de mourir. Les vaisseaux sanguins se rétractèrent et le froid cuirassa les épidermes. La température était descendue sous le zéro et les cheveux givrèrent. Il ne fallait pas céder à la tentation de se réfugier sous la verrière.

— Appuyez-vous au parapet ! dit Vladimir Vladimirovitch.

En bas, les rouleaux s'éventraient sur les saillies. Le rocher déchirait la pulpe salée. Des paquets d'embruns aspirés par l'ouragan explosaient contre le phare. Le rai de lumière déchirait l'obscurité, indifférent.

Le miracle de Noël fut que le Breton s'anima. Brandissant son verre dans la nuit en furie, tandis que Vladimir Vladimirovitch, gardien de phare des antipodes extrême-orientaux, lui cinglait les flancs à grandes brassées d'algues, Kerderon salua d'un même élan le miracle christique, la centenaire fidélité du pinceau de son phare, la puissance de la houle toujours recommencée et la Nature invaincue qui renaît de sa mort chaque 25 décembre. Phosphorant dans la nuit des clignotements du feu tournant, pleurant des larmes de pluie, il hurla aux rafales :

— À l'éternel retour ! À l'éternel retour !

COLLECTION FOLIO 2€

Dernières parutions

5636. Collectif	*Jouons encore avec les mots. Nouveaux jeux littéraires*
5637. Denis Diderot	*Sur les femmes* et autres textes
5638. Elsa Marpeau	*Petit éloge des brunes*
5639. Edgar Allan Poe	*Le sphinx* et autres contes
5640. Virginia Woolf	*Le quatuor à cordes* et autres nouvelles
5714. Guillaume Apollinaire	*« Mon cher petit Lou ». Lettres à Lou*
5715. Jorge Luis Borges	*Le Sud* et autres fictions
5717. Chamfort	*Maximes* suivi de *Pensées morales*
5718. Ariane Charton	*Petit éloge de l'héroïsme*
5719. Collectif	*Le goût du zen. Recueil de propos et d'anecdotes*
5720. Collectif	*À vos marques ! Nouvelles sportives*
5721. Olympe de Gouges	*« Femme, réveille-toi ! » Déclaration des droits de la femme et de la citoyenne* et autres écrits
5722. Tristan Garcia	*Le saut de Malmö* et autres nouvelles
5723. Silvina Ocampo	*La musique de la pluie* et autres nouvelles
5758. Anonyme	*Fioretti*
5759. Gandhi	*En guise d'autobiographie*
5760. Leonardo Sciascia	*La tante d'Amérique*
5761. Prosper Mérimée	*La perle de Tolède* et autres nouvelles
5762. Amos Oz	*Chanter* et autres nouvelles
5794. James Joyce	*Un petit nuage* et autres nouvelles
5795. Blaise Cendrars	*L'Amiral*
5797. Ueda Akinari	*La maison dans les roseaux* et autres contes
5798. Alexandre Pouchkine	*Le coup de pistolet et autres récits de feu Ivan Pétrovitch Bielkine*
5818. Mohammed Aïssaoui	*Petit éloge des souvenirs*
5819. Ingrid Astier	*Petit éloge de la nuit*

5820. Denis Grozdanovitch — *Petit éloge du temps comme il va*
5821. Akira Mizubayashi — *Petit éloge de l'errance*
5835. F. Scott Fitzgerald — *Bernice se coiffe à la garçonne* précédé de *Le pirate de la côte*
5836. Baltasar Gracian — *L'Art de vivre avec élégance*
5837. Montesquieu — *Plaisirs et bonheur* et autres pensées
5838. Ihara Saikaku — *Histoire du tonnelier tombé amoureux*
5839. Tang Zhen — *Des moyens de la sagesse* et autres textes
5856. Collectif — *C'est la fête ! La littérature en fêtes*
5896. Collectif — *Transports amoureux. Nouvelles ferroviaires*
5897. Alain Damasio — *So phare away* et autres nouvelles
5898. Marc Dugain — *Les vitamines du soleil*
5899. Louis Charles Fougeret de Monbron — *Margot la ravaudeuse*
5900. Henry James — *Le fantôme locataire* précédé de *Histoire singulière de quelques vieux habits*
5901. François Poullain de La Barre — *De l'égalité des deux sexes*
5902. Junichirô Tanizaki — *Le pied de Fumiko,* précédé de *La complainte de la sirène*
5903. Ferdinand von Schirach — *Le hérisson* et autres nouvelles
5904. Oscar Wilde — *Le millionnaire modèle* et autres contes
5905. Stefan Zweig — *Découverte inopinée d'un vrai métier* suivi de *La vieille dette*
5935. Chimamanda Ngozi Adichie — *Nous sommes tous des féministes* suivi des *Marieuses*
5973. Collectif — *Pourquoi l'eau de mer est salée* et autres contes de Corée
5974. Balzac — *Voyage de Paris à Java* suivi d'*Un drame au bord de la mer*
5975. Collectif — *Des mots et des lettres. Énigmes et jeux littéraires*
5976. Joseph Kessel — *Le paradis du Kilimandjaro* et autres reportages

5977. Jack London	*Une odyssée du Grand Nord* précédé du *Silence blanc*
5992. Pef	*Petit éloge de la lecture*
5994. Thierry Bourcy	*Petit éloge du petit déjeuner*
5995. Italo Calvino	*L'oncle aquatique* et autres récits cosmicomics
5996. Gérard de Nerval	*Le harem* suivi d'*Histoire du calife Hakem*
5997. Georges Simenon	*L'Étoile du Nord* et autres enquêtes de Maigret
5998. William Styron	*Marriott le marine*
5999. Anton Tchékhov	*Les groseilliers* et autres nouvelles
6001. P'ou Song-ling	*La femme à la veste verte. Contes extraordinaires du Pavillon du Loisir*
6002. H. G. Wells	*Le cambriolage d'Hammerpond Park* et autres nouvelles extravagantes
6042. Collectif	*Joyeux Noël ! Histoires à lire au pied du sapin*
6083. Anonyme	*Saga de Hávardr de l'Ísafjördr. Saga islandaise*
6084. René Barjavel	*Les enfants de l'ombre* et autres nouvelles
6085. Tonino Benacquista	*L'aboyeur* précédé de *L'origine des fonds*
6086. Karen Blixen	*Histoire du petit mousse* et autres contes d'hiver
6087. Truman Capote	*La guitare de diamants* et autres nouvelles
6088. Collectif	*L'art d'aimer. Les plus belles nuits d'amour de la littérature*
6089. Jean-Philippe Jaworski	*Comment Blandin fut perdu* précédé de *Montefellóne. Deux récits du Vieux Royaume*
6090. D.A.F. de Sade	*L'Heureuse Feinte* et autres contes étranges
6091. Voltaire	*Le taureau blanc* et autres contes
6111. Mary Wollstonecraft	*Défense des droits des femmes*

Composition IGS-CP
Impression Novoprint
à Barcelone, le 20 septembre 2016
Dépôt légal : septembre 2016
1er dépôt légal dans la collection: mai 2012

ISBN : 978-2-07-044709-1./Imprimé en Espagne.

308506